四海俳句選

四海・文學雅舍　編著

序言

懷鷹

隨著時代的發展，俳句的創作，大有風起雲湧之勢，改變了很多人讀詩的習慣。可以預見的將來，它會成長為詩壇的另一道美麗的風景。一來符合時代發展的節奏，二來可讓詩人更加的集中精神，在短短十七個字尋找詩的蹤跡，發揮自己最好的能力。

有鑑于此，【四海・文學雅舍】願意在這方面扮演推動的角色。我們成立一個團隊，包括筆者、德清、蔡獻英、孫嵐、徐江圖、張威龍、南橋思、范詠菁，發起了一個《四海俳句選》的徵文。從2021年6月4日收件，迄2022年8月31截止。共收錄李佩芳等113位作者所發表的1,187帖俳句。編輯成書，取名《四海俳句選》。並且選擇在臺灣地區用繁體中文出版。用表本社對推廣「575俳句」之心意。然因篇幅有限，無法收錄所有參

與者之俳句，頗感遺憾。俳句徵文雖已告一段落，但是
【四海‧文學雅舍】會永遠為俳句同好開放，歡迎舊雨
新知，繼續將您的大作，貼到本社讓「575俳句」持續
在本社發光發熱。是所至盼！

目　次

01懷鷹

蒼茫
站在懸崖邊
暮色在眼裡入眠
等待風來和

筆觸
醮著血和淚
把天空寫成一幅
巨大的草書

歲月
壺中蘊翠煙
悠悠流水去邈遠
月缺復圓滿

織網
灑落一星光
在軟殼裡織夢影
唱不響的歌

舞衣
靈魂一杯酒
微醺時刻的醉態
黎明的舞衣

魚淚
跳上岸的魚
看見水裡那滴淚
在浪中沉浮

鐘聲
虛幻的眼睛
捕捉越江的客船
水裡正浮沉

岸
僕僕的風塵
望眼欲穿的彼岸
腳尖的軸心

秋霜

微笑的山嵐
擁抱花瓣露珠兒
等你在雲端

雨

讓滴答雨滴
落在故國的欄杆
長亭接短亭

江畔

佇立在野渡
晚風偏姍姍來遲
只見蘆花飛

松果

不腐的神話
蘊藏千年之奧秘
就等夢成熟

見景心喜

山山皆秀色
一湖鏡水見清澈
心同波濤湧

猿聲

青山入眼眸
猿猴連聲啼不休
輕舟借東風

懷想

黃昏微雨中
往事煙雲鏡花懷
寒鴉獨徘徊

秋思

秋色染金花
海岸喧嘩浪聲滔
層林盡相思

月光
我在月下跑
腳尖揚起貓尾巴
開處處芒草

花容
你是那茉莉
綻放在狂風暴雨
花瓣飄滿地

哭
你盡情哭泣
把長年的苦與難
讓天空傾聽

共舞
邀明月下凡
衣袂飄飄牽引起
水影的孤單

終點
榮譽不屬誰
可我也是勝利者
終點在雲端

泡
透明的翅膀
千山萬水奔波路
歇腳在雲端

岸火
月明海中花
牧風刮地來助興
火自胸中燒

病毒
奧密來勢洶
克戎緊咬不放鬆
翻身在何方

情線

思念比線長
一扯就上了頭顱
繫住兩地情

典當

把日子放在
櫃台的天秤點算
忙著稱重量

白馬

純白如雲絮
從草原奔來落戶
書桌上昂首

奔馳

草原的盡頭
猶有百丈冰懸崖
濃煙起戰場

抽屜

封住每個夢
只有一個不上鎖
是出走的我

炊煙

笑彎了黃昏
晚歸的遊子聽到
飯香的呼喚

詠冬奧

燈光通天明
煙花秀出中華情
冬奧譜新章

睡袋

非遊牧民族
卻在路邊搭帳篷
造城市奇觀

影
捕捉你的影
在如水的夜色中
轉身化清風

蟬與禪
你是眾禪裡
唯一不說話的蟬
快樂如浮雲

飛燕
谷中藏奇葩
愛心貼上金牌榜
凌空顯絕技

標本
老天爺偏愛
雕塑精美玻璃瓶
扭曲的形象

彩蝶
古銅色翅膀
山谷和篝火飛舞
鏡框裡想像

彩橋
攜著你的手
從這邊走向那端
築一段花路

蟬
你忙於織夢
一季春綴一季秋
我忙於構思

唱
風在唱一首
誰也聽不懂的歌
氣呼呼走遠

作者簡介：懷鷹，祖籍福建南安。曾在電視台服務14年，也曾在《聯合早報》擔任電子版編輯。出版38部著作，2019年榮獲第十屆《新華文學獎》。目前為【四海‧文學雅舍】之創始管理員。

02蔡献英

觀景
鳳凰似火開
驪歌飄送長亭外
揚帆放四海

運轉
剝極自來復
龍歸大海展宏圖
閒看雲卷舒

賀新年
炮竹響震天
虎到疫除不相見
歡喜過好年

訴衷情
夜雨奏天音
梧桐一曲三更盡
千里訴同心

除夕
人生有幾回
長夜詩酒不知醉
風雪燕來歸

春意
微雨杏花紅
早歸雁影破長空
大地生機動

春逝
棟花送春歸
歷盡人間甘苦味
韶華去不回

夏至
一年最長天
蟬鳴蛙跳荷花艷
閉關竟日閒

古道行

急行霜葉動
翠竹楓香落羽松
古道夕陽紅

平溪攬勝

十分瀑籠紗
閃亮天燈高空掛
閒坐一盅茶

墨荷

幾番雨風霜
荷盡花殘空飄蕩
徒留翰墨香

感懷

夕陽秋山盡
寵辱去留本無心
得失若浮雲

山茶

臘月茶花綻
嬌艷欲滴賽牡丹
迎春不畏寒

詠梅

老梅歲寒開
鐵幹虬枝萬點白
孤芳報春來

臘八節

臘八社鼓響
熬粥供佛米豆香
祈福樂安祥

水仙

清供暗香遠
冰肌玉骨水中仙
婀娜迓福年

讀後感
孤山獨行客
登高遠眺聽梵歌
頓悟與天合

盼望
荷枯爛泥中
日煎雨打霜雪凍
癡等望春風

早春
淒冷的庭院
突然冒出一張臉
是那莽杜鵑

大寒
節氣傍牛尾
雪雨風霜蕩邪穢
且看虎發威

雨夜花
夜雨蕭瑟聲
三更不寐對孤燈
曉來花滿徑

遣懷
天寒歲已暮
閒坐小窗覽詩書
梅香伴我讀

粉撲花
歲寒更嬌艷
仙女粉撲掉凡間
佳麗盡歡顏

詠蘭
空谷自芳芬
荊釵素顏伴至尊
天嬌女兒身

聽雨
夜半梧桐雨
琴聲夢斷陽關曲
傷情訴別離

獨酌
夜來風滿樓
窗外梅開佐詩酒
心淡萬事休

春意
幾番風和雨
落寞荷塘現新綠
鴨兒識先機

漂泊
輾轉又年終
隨處飄蕩若孤鴻
落拓煙雨中

迎春花
迎春綻芬芳
傲雪凌霜生機旺
福年好風光

春節
歲次在壬寅
詩酒酬酢賀新春
梅開五福運

櫻花雨
寒雨櫻亂飛
點滴恰似離人淚
夢中醉幾回

春到
綠柳籠寒煙
雙鴨戲水雨不厭
春意滿秧田

春遊
櫻紅麗晴空
明媚春光似酒濃
枯寂心驛動

煙雨
春到杏花溪
桃紅李白映翠堤
泛一舟煙雨

炮竹紅
垂柳醉東風
青鳥引爆一串紅
惹來春心動

祝壽
立身若松雪
懷抱太極心日月
鷹揚志高潔

淡泊
春暉舒爛漫
菜根恬淡布衣暖
霽月滿心田

天籟
雨過荷葉青
鳥語蛙噪心獨靜
風輕樹蟬鳴

春雨
料峭寒雨天
櫻紅柳綠山茶艷
飛燕戲屋簷

尋幽
高山雨中行
不染紅塵水自清
空靈若仙境

作者簡介：蔡献英，1950年出生於臺灣嘉義布袋這個濱海的地方。1974年於政治作戰學校（今國防大學政戰學院）政治系畢業，服務軍旅15年，退伍後從事個人健康保健迄今。熱愛中華文化，古典文學，以及575俳句之研究，目前忝任【四海・文學雅舍】之管理團隊。

03德清

夜思
划月舟出航
垂釣星河溯流光
汲互古清涼

相簿
泛黃舊照片
歌悲笑淚思親顏
天倫故夢遠

桐花
白雪細紛飛
五月碧山妝為誰
落照也低迴

網購
蝸居宅內坐
奇珍異貨任搜羅
指尖天地闊

賞畫
心隨古畫入
與東坡泛舟對唔
聽歲月搖櫓

聽琴
月色映庭樹
古屋雅音迴盪處
有唐詩暗渡

秋興
籬畔桂花香
拈取一枝秋色藏
脈脈染斜陽

光影
白牆花影斜
晴光信筆輕揮灑
半幅水墨畫

山行
日暮風微涼
草蟲低唱跫音響
山寺漸燈光

俳藝
言簡意悠遠
詩中自有天地寬
日月星河轉

天問
日月交相疊
漫長黑夜晨曦接
何處是分野

山居
紅塵暫遠離
閒賞琴書訪客稀
綠景來詩意

俳句源流
遙契古扶桑
五七情韻接漢唐
獨吟本色香

俳趣
會心觀物趣
詩情幽境偶相遇
拈花入俳句

舞踊
盛妝麗影出
起手凝神慢移步
寂靜櫻花舞

守歲
圍爐話舊年
幾家煙火聲光遠
遙聽夜不眠

爆竹
夜空綻異彩
響炮凌虛璀璨開
競與春同在

青山
偶爾雲來探
松風吟嘯鳥呢喃
山靜似參禪

窗影
高鐵迅如梭
斜雨敲窗人靜默
帶淚遠山坡

水塘
白鳥試妝鏡
魚棲月影聽蛙鳴
風過寫心情

石橋
跫音疊印記
幾回明月照行跡
迢遙秋水碧

廟會
神轎舞蹁躚
鞭炮聲中憶童年
鑼鼓漸行遠

尋瀑
日照溪山明
循路覓源幽澗行
響瀑飛虹影

禪修
寺宇晨曦照
白牆墨瓦佛聲繞
殿廊蓮步悄

老松

細雨飛輕霧
涼風拂面塵不住
松葉凝清露

排隊

人龍在曼衍
豔陽下瘦影如剪
枯萎了笑顏

聚散

紅塵一旅棧
多少話題興正酣
歡聚已萍散

離愁

倚門長佇望
目隨人遠意蒼茫
殘照迴深巷

水彩

尺幅披素彩
淡染輕勻山水來
長留春色在

共享

林下果熟落
蟲蟻逡巡雀鳥啄
綠蔭連天闊

阿勃勒

一樹金黃霧
花似燈籠迎日暮
為回憶引路

午巷

風靜花光淡
悠悠長巷跫音緩
低迴午夢畔

老屋
曲巷慢行吟
綠樹蔥蘢古厝春
風清入客心

盆栽
草綠庭石靜
古柏蒼勁霞光映
日暮橫疏影

石蓮
何因高處歇
閒倚花簷邀日月
無意蜂與蝶

童心
與白鴿對話
夢想起飛逐彩霞
笑聲迴仲夏

文青
秀髮逐風揚
心寄詩書翰墨香
青春正啟航

波光
風起漾微瀾
粼粼光影流金閃
群魚戲璀璨

惜花
逝水悠悠去
小院岑寂花影餘
幾朵留春語

攬勝
山色輕流淌
岸邊閒坐飲湖光
秘境尋幽芳

作者簡介：德清，是陳清俊、鄭敏華夫妻共同的筆名。兩人皆為大學
　　　　　中文系退休教師，喜歡簡單生活，學佛之餘也寫俳句、
　　　　　詩文評賞；無論創作或評論，皆有兩人共同參與的身影。
　　　　　現為【四海‧文學雅舍】管理團隊成員，有志於俳句寫作
　　　　　與推廣，希望藉由俳句書寫，記錄生活，將平凡歲月提煉
　　　　　出幾分詩意與甘甜。

04孫嵐

魚尾紋
以歲月黥面
在眼眸旁悄勾勒
智慧了容顏

海
蒐集雲的淚
不辜負溪流涓涓
釀一片蔚藍

遊園
春曉探芳訊
海棠胭脂囀黃鸝
枝頭見梅棲

暮年
冰霰裁流光
菊殘金桂映斜陽
青絲飛白霜

驚夢
窗外雨未休
夜半微涼吹人醒
滴落一枕愁

如夢令
露凝荷葉杯
風撓綠腰花弄影
水淨點蜻蜓

李白
飲長夜寂寞
醉後便吐成仙樂
逍遙酒劍託

節氣
待放的薔薇
窺探驚蟄寫密碼
開幾朵春天

山晝

枕一夜松濤
聞話微冷的寂寞
讀半窗星月

盼

江煙鎖重樓
風鬢雲鬢倚朱欄
相思過千帆

夜未央

臨寐鏡辭妝
抬頭喜見月入窗
好風沁心涼

秋來

山林漫楓紅
日頭已老西風顫
微涼著殘夢

杜甫

秋風破茅屋
同理寒士心悲苦
己飢人亦飢

芙蕖

蓮是花神立
出泥不染淨水面
紅塵渡顛迷

嘆

當時國家弱
敦煌文物遭離散
滄桑不能忘

春之後

小園湘竹立
蝶吻蜀葵戀芙蓉
悠悠立夏中

肥皂
消瘦的密碼
青春在掌中磨損
你奉獻溫柔

智慧手機
錦書雲端寄
指尖滑走遠距離
科技藏情意

阿勃勒
金黃小風鈴
艷陽下起舞翩翩
揮灑夏之戀

蒜香藤花
芳華獻與天
妊紫嫣紅一身兼
殘軀更捨地

思歸期
昨日君遠行
雨中送別折柳枝
今夜起相思

雲
踩著風兒飛
陽光吻走珍珠淚
靈魂不設限

絳珠仙草
身受甘露惠
轉世下凡將恩報
還謝一生淚

蓮
愛憐玉潔品
月色皎皎鑲羅裙
清香遠紅塵

讀寒食帖
泥欺落花嘆
小屋雨中如扁舟
春寒催心肝

詠
誰云春已瘦
百花千葉綠眼眸
海棠仍依舊

春色
巧燕翻雲間
彩蝶蹁躚鴨徙水
喜赴桃花宴

秋之暮
黃昏更細雨
憑燈顧影還自憐
葉落添涼意

仰慕
畫一縷春風
在澄練似的湖面
摺疊出漣漪

荔枝情
君贈嶺南果
一騎加急入長安
妃子眉眼歡

冷
昨夜一場雨
壓斷了好花幾許
浸濕著惆悵

繡娘
上天雲錦裁
風花雪雨紡成俳
霞章織紋彩

業報
今生在夢裡
輪迴前世的印記
醒來已成因

觀畫
耳綴珍珠環
驚豔畫家的心思
回眸訴靈犀

絲瓜花
芳華向藍天
滿眼橙黃風初過
開花結果時

傷
心有千千結
前塵往事不是煙
何時方能解

枕頭
枕著溫柔眠
如蝶翩翩自由飛
夢的起始點

醉花叢
日出蜂兒忙
妖嬈紫薇頻獻媚
低頭裁蜜糖

水
透亮的初心
思緒總作繞指柔
軟化了剛強

蘭
出塵的孤芳
蕙質蘭心空谷藏
悠然自綻放

作者簡介：孫嵐：愛幻想又敏感的雙魚座，常常被自己嚇到。
　　　　　寫詩，寫文，閱讀，是我生活的一部分，也是生命的另一
　　　　　種印記。於我，文字捕捉了平凡，創造出另類的尋常。
　　　　　有部分作品散見報紙副刊與雜誌，證明「我來過」。
　　　　　目前為【四海・文學雅舍】之管理團隊。

05徐江圖

四海雅舍
四海一家心
驪淵昭灼震九洲
離離雅舍中

風箏
扯動一片天
千帆遠颺碧山盡
纏繞在童心

大自在
虛雲挾飛天
明月朗朗照長空
軒矗天地間

山水畫
霪雨斜柳飄
墨采吟風斷詩情
倒映山水中

新冠病毒
口壅無言論
惻愴病毒人傳人
詭譎再生變

笑看人生
征鳥飛長空
駿爽沉吟萬里昂
孤舟蓑笠翁

風骨
絕壁立孤松
八風呼呼不為動
沉吟晚來風

海
捲浪擺褶裙
拍岸追逐千堆雪
進退潮吼聲

山

雪山與對望
相見雙眸兩不厭
岩老忘紅塵

水

雲霧雹冰雪
氣化龍天落為魚
天地一片心

賞梅

梅開鳥松崙
三五好友約踏尋
雪海一片天

戰爭

嚴寒病毒傳
人心惶惶口罩掩
瘦骨加通膨

種子

花落嵊休眠
春風秋雨冬下雪
迸開天地間

心境

鏡照影不疲
清澈水流無畏風
高遠立如峯

遨翔

萬徑水迢迢
遠觀小城碧山盡
心志似鵬鳥

冬雨

夜雨聚寒光
廣澤蒼山水環流
轉折煙波颺

登高
春雨轉蒼翠
悦登覽勝山外山
落日紅與醉

山路
阡陌行徑微
雪山白頭窮煙飛
清月石泉圍

寒雨
冰霰藏霳雨
新春驚蟄鬧長空
窩居松風曲

奉茶
莫辭一盞茶
聚意深且友情長
歸程盡繁華

北風
合歡瑞雪飄
鐵杉傲骨展志節
霜鬢視滄渺

登臺
福壽農場寒
休耕落木蕭蕭下
花綻千櫻緣

童心
兒童文學妙
純樸初心返歸真
同行日日好

雨中行
昏沈鳥寂寂
山林水流樹戚戚
雨感心動怡

霸凌
鐵甲飛彈擊
暴君狹狂天下亂
民主堅不移

觀覺
悠悠碧波頃
一竿垂釣天地間
靜心觀自省

戰火
長夜烽火天
殘垣斷壁砲隆隆
螻蟻魂如煙

沐浴
雨後山清涼
芙蓉出水少女漾
微笑百花香

西北雨
小徑千陌旋
山林峭壁土石危
天地訴流水

山河動
夜色漆茫茫
雷雨草木暗無光
莽山急心慌

屬性
樂天原住民
敬畏山林護祖靈
歌傳星夜明

秋意
秋意紅盎然
楓槭搖曳婆娑閃
飛天上雲間

心境
清風拂雲遊
立如青松緣自由
聖潔金剛座

燕子口
立霧溪切流
峭壁鬼斧境仙遊
膽顫不絕口

蘋果花
花開盛滿谷
低溫霜降風雨舞
離枝殘泥苦

登石門山
山頂風呼嘯
冷冽割膚唱山謠
杜鵑綻放翱

昆陽
夕照無限好
餘輝彩綿虛漂渺
金黃道光巧

紅胸啄花
啄花來報喜
冠羽畫眉聚遷徙
種子寄鳥移

合歡山
寒原裸石地
劍竹矮叢披綠蔭
雲霧漫虛迷

夜雨
撩撥雨琴絃
雷落迴響滿山林
夜驚春鳥鳴

作者簡介：徐江圖，臺灣兒童文學學會理事長，掌門詩社編審，小鹿雜誌發行人社長，梨山詩人的家主人。榮獲2021年中華民國優秀詩人獎。作品手箚收錄國家圖書館典藏。目前為【四海‧文學雅舍】之管理團隊。

06晚風

夏宴
暖風拭新葉
荷香蟬語遞炎柬
雲浮三兩帖

浪
岸邊苦徘徊
沙啞謳歌無晝夜
頻獻海上花

釣
錨定浮生情
青松為扇雲作餌
漣漪滿筐籮

楓紅
暮下流水淙
姿艷不用春魅色
片紅旋秋風

枯葉
心懷護花願
怎奈難逢化泥緣
隨風走天邊

林
荒徑不見家
落葉掩跡深幾許
回憶滿地爬

茶
解憂罐裡掏
一心二葉壺底泡
杯內白雲飄

繭
生死賭心願
斑斕尚差一步遠
裡頭有藍天

夜
往事如鞦韆
萬籟俱寂難遮眼
孤獨不催眠

桐花
思念無從寄
為妳青春換滄桑
亮一路花白

蝶
逐日踏花心
雙飛共酬梁祝情
翩似落花影

情愫
倩影入詩篇
吟詠聲促秧苗綠
回眸已千遍

憶昔
煙雲撫山輕
前塵近窗如掠影
滴雨醒風鈴

蒼穹
天空不掉色
白雲擦拭已萬載
為何要稱老

漣漪
悸動已多時
躍向湖面尋自己
落葉哀嘆吟

阿勃勒
鋪條陽光道
落花綴無言祝福
約定來年見

見笑草
纖指忒情多
懸腕向風乞溫柔
收掌怯帶羞

楓
嫣霞染蒼巔
奈何秋嵐銳似剪
迎風頻碎言

遙
眾裡情絲牽
頻頻顧盼難往前
無向千里遠

偶遇
友誼幾分荒
往事堪比烤肉香
聊等咖啡涼

崖枝
獨芳守孤崖
聊且釣雲休釣魚
落日影黃花

向日葵
蜂蝶勤補妝
昂首向陽賽花黃
待君落日前

電線鳥
纜上音符妙
終年擾夢大清早
電源關不掉

思念
明知太不堪
無端勇氣莫可名
偏偏又想起

掩跡
流沙本無情
潮來汐往埋笑語
浪花更頑皮

迷失
想回到最初
遍尋不見來時樹
踟躕分岔路

離去
非不願回頭
風聲悄悄告訴我
來處成沙漠

等
掩門待卿開
霧散花落墨已乾
只見清風來

懷念
再會已難期
杯冷茶涼香還在
寂寞中有你

落葉
遙待秋風來
料將笑語連根埋
情怯不忍踩

思鄉
秋波泛孤星
無處掩藏寂寞影
哪堪月太明

怨
明月繪靈眸
晚風曳枝戲花影
竟惹秋波愁

海星
不滅的足跡
一枚枚出自心海
五芒耀沙灘

悶
等你又不到
孤鳥盼雲在林梢
來場雨也好

禿樹
等待是首歌
起風日子裡唱著
落葉中變啞

雨季
是妳來了嗎
四週窸窣喃呢語
跫音起井底

燙傷
往事已沸騰
輕輕放下別再提
只怕壺太滿

蒲公英
就這點心事
只告訴遠方的妳
起風時叫我

悼
烏雲上心頭
微雨一場風幾陣
青韻撫傷柔

流浪
嚐世間冷暖
心事唯太陽看穿
白雲覓歸宿

作者簡介：晚風，臺灣高雄人，任職於美商公司。作品散見於詩刊、報章。曾參與新加坡著名詩人懷鷹所著《破繭而出的詩》評析集，目前為【四海·文學雅舍】之管理團隊。

07張威龍

望
人生本如寄
莫嘆漂萍復東西
昂首迎風雨

賞荷
花季薰風暖
體態婀娜顯嬌憨
遊人沁香汗

蝸牛
日夜挪寸步
莫笑貧僧修道苦
寒舍勝浮屠

蜻蜓
薄翼攬蒼穹
瀲灩潭影嬌身縱
他日化蛟龍

弦月
天地一吊鉤
掛滿千古思與愁
圓缺豈可留

禪唱
群蟬噪如濤
滌心濾俗卻煩惱
梵音化塵囂

好日
早起登樓頂
仰望東坡看朝雲
晨曦潤詩心

等待
花事已荼蘼
芳魂惹遊人醉意
春泥醞生機

秋
落葉群趕集
盛裝打扮沾詩意
心泛交響曲

回
憶往千盞觴
江水悠悠訴衷腸
南雁歸哪方

多情
雨玲瓏夜半
苦思輾轉何所言
天明起身懶

小草
榮枯自珍惜
不與千樹競高低
昂首立天地

雨
誰彈萬弦琴
曲調哀淒不忍心
天地淚涔涔

稻穗
風和日暖心
奏樂潔身有甘霖
低頭謝天恩

梅
夜來漫天雪
搖曳窗前燈影斜
不忍步香階

釣叟
逐萬裡煙波
紅塵是非懶得說
江海下魚鉤

老農
鋤耕大地心
悲酸汗珠幾千斤
辛勤養萬民

老叟
佝僂拄杖行
歷經風雨心不驚
回首向陽迎

船夫
扣舷且放歌
名利得失暫割捨
蒼穹我獨樂

芒花
秋空萬里追
借金風翼天地飛
落處家四野

行李
奔波苦難捱
為生活浪流幾載
誰捨離布袋

春逝
荳蔻枝上開
款擺羞怯婀娜態
恨春風不待

天籟
山徑遊人少
迴蕩空谷喚群鳥
高低競分曉

梅
傲骨潔似雪
絕與百妍苦爭春
花落謝知音

雲

胖瘦由他去
自在悠遊任東西
忘卻悲與喜

小溪

最愛溜滑梯
吟唱世間千古事
成天笑嘻嘻

雲

環肥自在飄
紅塵看盡佳人老
燕瘦無煩惱

拚酒

快意如風勁
杜康同飲天地樽
不喝是龜孫

漁翁

波光映扁舟
浪跡海角何所求
清閒下魚鉤

藕斷

蹙眉嘆花落
結不了情愛的果
無由向誰說

春

描一曲春光
花仙在夢裡飛翔
愛苗任滋長

蝶

為你著粉墨
親吻花容兩嬌羞
儷影不落寞

竹
蒼翠向青天
謙謙君子攬明月
正直不變節

走春
擷一片春光
愉悅心情映晴朗
步伐會飛翔

春雨
綿密細如絲
無聲入扣心扉處
花草寸心知

春思
東風悄然來
碧樹花豔樂開懷
相思何處栽

毛筆
耿直小烏賊
白海汪洋跳芭蕾
留千古絕美

悠遊
前噪回後呱
群鴨綠塘洗腳丫
閒情扯八卦

人生
此來可安好
豔陽風雨悲歡老
回首且吟嘯

回首
世間留不住
東逝水花落遲暮
怎奈頻回顧

作者簡介：張威龍，1965年出生於臺灣桃園，輔仁大學大眾傳播系
　　　　　畢業。曾是婚紗攝影師、國小代課老師、台語鄉土支援老
　　　　　師。現任兒童作文指導老師。喜歡寫詩、散文，也喜歡二
　　　　　胡、尺八、書法，努力塗鴉練習中。目前為【四海‧文學
　　　　　雅舍】之管理團隊。

08南橋思

依時
荷枯顯冬深
忽然初莖點綠嫩
方知又轉春

暮鼓
傍晚天色沉
靜聽遠寺清澈音
咚咚入歸心

悅讀
小樓良夜靜
沏茶飄香品詩情
喜聽落雨聲

晨鐘
千錘百煉身
微曦起迎扣天韻
醒悟塵世心

聽溪
凝聚流水聲
響徹山巒和心靈
漱滌夏季情

懷師
大學啟智慧
五年勤好知識歸
一生永相隨

掌上明珠
捧妳在手心
甘願俯首為牛馬
逗樂常歡欣

街頭藝人
彈唱自得樂
路人來去時相和
打賞續高歌

暮情

時光催人老
回首白雲多自笑
心閒一切好

體會

苦樂參半裡
多謝人生有晴雨
青山無限喜

網路遊戲

螢幕幻如真
角色虛擬忘自身
聲光漸消魂

自述

少年曾是情
婉轉流水西復東
如今皆已夢

記昔時

攜手故園地
兩眉貫見風和雨
往來皆春意

失親

歡樂滿堂屋
時光漸遠難回顧
舊照輕輕撫

一晃眼

都說少年好
同窗聚會皆白頭
彼此相笑老

神思

飛馬縱八方
寰宇時空任遊蕩
貴在能收放

扮演
虛擬藏真實
說盡古今風流事
曲終誰能悟

寒聲
夜深人寂靜
風切雨冷暗敲更
此意與誰聽

惜梅
餘香乍入夢
漫遊園徑覓春情
歸來風雨中

大國博弈
謀略為己利
中美蘇歐競棋藝
世局數未已

情絲
輕寒燕影去
折返柳枝細雨裡
惹得芳心起

初戀
愛清湯掛麵
含羞低眉未肯言
苦猜意千般

小草
野外有生機
願與春日比佳氣
綠遍人間地

省思
孤懸一地球
茫茫宇海難永留
人何爭未休

鄉居

晨起遠山清
拂袖涼風鳥雀鳴
閒步竹林靜

草莓

紅顏喜嬌豔
溫柔果肉甜香綻
入口心頭暖

慰

給我一點光
把雙眸為妳閃亮
憂鬱在遠方

登臨

閒雲掛山頂
藍天為海漾風情
陽光照景明

放空

雨晴春色開
三五知己多自在
踏青把心曬

天海

攤開湛藍身
一任風浪捲濤雲
獨釣碧波心

反戰

哀哀人類史
攻伐爭鬥黎民苦
到頭皆灰燼

感時

遠方傳烽火
疫情持續多鎖國
安得除世憂

流星
浪蕩千萬年
只為光熱霎那間
給一個許願

停電
脆弱都市圈
燈火繁華靠電源
缺了亂一團

雨
點滴成歲月
洗盡繁華付流水
滄海期相會

擎花
春曉桃李豔
豐香染手留思念
風捎來嫣然

落葉
四季有窮時
蒼顏寫盡滄桑史
離情繫風勢

疑夢
窗外雨聲歇
陽台花影露笑靨
起身幻覺滅

逃難
為利啟戰端
炮彈無情毀城鄉
生民陷塗炭

吟風
生性喜清幽
乾坤過客形無憂
看足世情愁

作者簡介：南橋思，本名：柯通洲，居住臺灣新北市，曾參與新加坡
　　　著名詩人懷鷹所著《破繭而出的詩》評析集，目前擔任
　　　【四海‧文學雅舍】管理團隊。

09依凌

秋景
和風輕吹柳
湖邊彩燈樹上掛
漁舟渡晚霞

沏
獨坐山澗亭
一潭清泉一壺茶
碧螺春香煮

戲水
月圓銀色照
石灘赤腳踏浪花
斗星頭上掛

春響
天上雷光閃
雨下綿綿密如箭
波濤滾翻天

戲
不羈春日風
枝頭柳絮舞雲天
穀雨弄花雪

秋夢
秋楓紅滿地
甜蜜囈語盡燃燒
秋水一色濃

初冬
烈風吹曠野
北雁南飛秋末寒
風雪路上趕

愛情
同泣同歡笑
回憶甜蜜好時段
關懷愛共存

醉
夢遊鞋徘徊
酒濃氣息跨窗外
夜訪夢裡人

雨後
竹筍林中崛
西邊風雨攀山來
低喚牛角尖

早春
紅梅陌上笑
青苔片片柳枝搖
夕陽西下照

夜鶯
霧散現紅燈
煙花裊繞醉眾生
淚眼衣襟滲

夏景
蜓繞六月天
淡淡蓮香隨風飄
醉臥玉裙邊

炮竹
迎春接佳音
醒獅吐艷祝豐年
萬象慶更生

醒悟
熱情成灰煙
唇邊冷語癡癡纏
謊言盡滿天

作者簡介：依淩，新加坡人，來自中國香港，喜愛文學，作品散見於
國內外報章及詩刊。著有六人合集《六弦‧情》及《四海
童詩》合集。目前擔任【四海‧文學雅舍】管理團隊。

10露兒

鐵樹
剛毅的緘默
風雨同路渡綿年
冷眼憫疫田

秋川
悠聞絮曉嵐
聆聽細流數夜空
恬靜涉心河

宣紙
潔白冬裡透
情深蘊散字筆間
款落瀚海中

忙
凡塵中顆粒
拖著厭倦孤靈魂
五斗米下勤

戲服
錦繡山河在
穿梭千年萬古情
怎唱得妃怨

夏之戀
穹空灑艷雲
水汎粼波耀葉俊
芳草獨自綠

煙火
夜纏著燦爛
點一把童年時光
怎奈一聲贊

秋月
漫撥落葉弦
晶瑩玉盤掛青天
大地銀光燦

木棉花　　　　　　微醺
永不道塵世　　　　燈簾二人影
為情保暖這一生　　醉意三分畫風韻
心中攬乾坤　　　　四更桂花飄

作者簡介：露兒，美術、書法與詩文愛好者。現任國際左手書法研
　　　　　究會副會長。曾出版合集《六弦‧琴》與合集《四海童
　　　　　詩》。目前擔任【四海‧文學雅舍】管理團隊。

11范詠菁

矇
靈感似迷霧
茫然遮擋吾思路
捉摸無覓處

卸貨
懷胎含辛苦
生命之門將開啟
屆時卸包袱

創作
避用前人句
造詞研新勝華麗
巧思迷創意

敘舊
姍姍遇故知
時光倒轉年少時
霜雪換青絲

退疫
擲筊問蒼天
此等戰火無硝煙
何時會消散

傲毒
傲慢如毒液
侵蝕你的上進心
謙虛是良醫

歡喜粽
安然慶端午
心喜粽餡包不住
雀躍的角黍

夏之語
岸芷低語說
蒼穹霽色塗滿波
午後雲挑撥

詠畫

氤氳纏翠岫
柳枝搖曳影婆娑
佝僂翁棹舟

詠畫

青山攬翠微
櫻樹繞湖翁棹舟
氤氳漫芳菲

雪梅

嚴冬霜雪降
傲骨傳春耐忍寒
氣息暗飄香

金句

好話不多句
人生總有微風雨
莫忘把傘攜

嘆

曾是美嬌娘
韶光逝去不復返
青絲藏雪霜

荷情

綠浪舞薰風
菡萏嫋娜碧水中
蜻蛉訴情衷

旅伴

漫步旅紅塵
單程車票雙人行
幸福的風景

秋思

金風送暗香
丹楓翠山換新裝
伊人在何方

起蟄

驚蟄雷聲響
萬物甦醒更新象
百花齊怒放

暇日

鳥囀繞山頭
柳盪煙波纏玉眸
清心忘憂愁

登覽

霞光映蒼穹
雲海似浪迢迢湧
青山誰與共

水月

辰星暗夜窺
灩灩銀波凝玉盤
天鏡入海流

老鞋

不嫌臭腳丫
長年伴吾走天涯
開口笑回家

詠泉

苔壁洲銀簾
恰似荒漠湧甘泉
滴滴落恩典

善緣

誠信種子撒
遍地開滿情義花
四海為一家

暮色

暮靄掀布簾
蒼穹宛如調色盤
七彩多變幻

放空
歲月的行囊
裝滿了悲歡喜捨
隨風去流浪

勸和
若要好相處
收起傲慢的態度
謙虛貴人扶

戀秋
山嵐霧霏微
秋楓搖曳醉心扉
鳥囀愛相隨

春遊
柳戲水紋波
雲霧澄霞舒亮眸
春花伴我遊

家計
黎明天微亮
背起責任的行囊
甜蜜負擔扛

見報告
多日罩烏雲
今卸黯然忐忑心
陰霾終見晴

真摯
無需許諾言
情若穩如磐石堅
付出不埋怨

夜懷想
曾有一個夢
當月升起星滿空
故人再相逢

花鳥圖
翠鳥舞碧塘
玉羽悠姿凝四野
芙蕖影斜陽

紅塵路
行旅人世間
莫忘來時多試煉
知足是關鍵

不知愁
時光如沙漏
從不懂分秒之憂
流逝的歲月

觀山水
青山映湖面
落葉浮雲怎悠閒
沉醉天地間

明眼人
是非分得清
婆心諍言入耳存
前程耀光明

憶鄉情
花燈彩光環
思鄉遙望明月天
元宵慶團圓

人生戲
從容寫劇本
筆酣墨下的結局
悲喜心頭定

詩評家
精闢的講評
舊詞新詩巧對應
點出好作品

作者簡介：范詠菁，喜歡古典‧新詩‧白話型俳句。「星星點燈」社
團創辦人。目前為【四海‧文學雅舍】管理團隊成員。

12心潔

慈母製衣
母為兒製衣
徹夜燈前密密縫
指尖穿線間

鋼鐵戰士
酷熱高溫下
日夜的千錘百鍊
迸濺的火花

夕陽西下
火紅圓臉蛋
天邊染成一片紅
隱沒山巒中

生命泉源
你鞠躬盡瘁
樸實憨厚的微笑
給人間溫飽

賞梨花
一夜春風來
春意畫卷賞梨花
全見梨花白

大屠殺
貓山王果樹
鐵石心腸也淚垂
九天全摧毀

茶園採茶
艷陽高照下
茶園工人忙採摘
最美的畫面

空針疑雲
嚴懲打空針
鋌而走險為發財
罪如殺人命

戰利品
野貓變家貓
久困空城擒貓來
心裡樂開懷

禍不單行
跌下摩托車
豪雨成災水淹屋
走路一拐拐

民心碎
疫情熬民心
後門亂臣守紗帽
昏官笑度日

格桑花海
天仙子下凡
幸福花開綻霓霞
憐取眼前人

油菜花
油菜花兒開
金色滿園遍地黃
大地調色盤

雪花紛飛
銀白小精靈
聖誕煙火飛滿天
雪花飄落聲

國王新衣
染疫者過萬
自欺欺人障眼法
可笑復可悲

行禪
一步一腳印
邁步緩緩地前行
點亮了心燈

迎虎年
小萌虎上街
紅紅火火迎新年
嚇跑冠病毒

折射
杯中的餘暉
醉成一樹梧桐影
滿溢咖啡香

賞花
百花齊綻放
秋高氣爽花世界
如置身畫中

瓊花飛舞
花開滿屋香
六十五珠蕊瓊花
如舞袖翻飛

燈下閱讀
書香芬多精
每一頁灑滿花香
燈下的童話

天公賜福
初九拜天公
鞭炮齊鳴驅瘟神
天上盈瑞氣

撒哈拉‧雪
魔幻大自然
彩緞在舞動翻躍
沙海變雪海

春遊
大地遍春光
園遊賞花年味足
風和千樹茂

歸途
寒雨冷瀟瀟
燈下拖長的瘦影
靜伴夜歸人

生滅
變幻一剎那
山上孤雲獨悠閒
內與外不離

秋葉
枯樹雲充葉
片片黃蝶落一地
踩踏沙沙響

迎元宵
拋柑覓良緣
彩燈璀璨迎元宵
人約黃昏後

海南椰雕
工藝臻完美
酒滿椰杯消毒霧
鯉魚吐珠圖

春天列車
美麗風景線
列車穿梭於花海
春花伴我行

異鄉遊子
寂寞獨賞雪
孩子們的嘻笑聲
高空的蒼鷹

烏克蘭
月光消失了
陰影籠罩的國土
血染的小鎮

長城日出
霧中看日出
冷清於瞬間破防
飛躍金長龍

觀自在
自性是菩提
知足隨緣心安住
何處惹塵埃

春意爛漫
驚蟄後一日
大地回暖春色好
踏青賞花香

遇見佛
佛不在寺裡
而在每個人心中
聞思修定慧

常行精進
以身踐行善
觀照內心之起伏
用心體悟法

春曉
紅塵呼吸間
惜春但盼花開晚
任時光重疊

白色聖誕
雪飄飄落地
聖誕煙火飛滿天
傳來鹿鈴聲

法爾如斯
盡山河大地
白雲舒卷本無心
如來藏實相

作者簡介：心潔（黃心潔，黃雯貞）
　　　　馬來西亞華裔。畢業於美國夏威夷大學。主修食品科學與
　　　　營養學。考獲英國皇家鋼琴第八級。
　　　　喜愛華文這一科是中學時候開始，那時候很幸運遇到教我
　　　　華文的老師，在她教導下，我對華文愈來愈感興趣。與此

同時，有幸遇到恩師繼程師父，自此便學佛，並參加馬佛
總舉辦的佛教工作寫作營。曾獲得全馬佛學"無盡燈"青
少年組小說／散文優等獎。早期作品發表于南洋商報。
目前擁有著作《四海童詩》及《詩作欣賞100首》合集。
現擔任【四海・文學雅舍】管理團隊。

13南風

破鞋
迎新憑空現
棄與不棄取捨間
破鞋勾回憶

開學
守得疫情緩
童子愉悅別網課
回歸校園樂

讀紅小記
塵緣繫木石
夜雨讀紅分外寒
飄燈人影綽

站崗
春節傾巢出
據守城堡迎客流
期待年豐收

嫁女
依依父母心
執手相看賦于歸
悲喜繫餘生

逃遁
逃遁的午後
流水偷走了時光
白鷺立泥灘

走木橋
走過老木橋
呀呀聲裡擾人家
貓兒門前瞪

春雨
急雨掩聲至
停車坐看春來擾
橋邊讀迷濛

小鎮春回
小鎮尋春遲
人立路口翹首思
青山長高了

牽牛花
靜守花魂芳
兀自吹叭迎朝陽
藍紫綴青籬

布袋蓮
潮水回天灌
布蓮無意隨春去
轉角覓安身

老字號
老店繹滄桑
商譽傳承工藝深
口碑延三代

夢見
疑真似幻間
美夢由來雖易醒
短敘已綿綿

晨星
末後的閃爍
一夜蒼穹有伊語
淹沒晨曦裡

燕語
旱天藍如洗
剪燕群飛貼晴空
呢喃望春風

雷雨後
風狂夾雨至
轟隆聲裡草木沉
斜影一數珠

烏克蘭
博弈的縫隙
開出抖拂的蘭花
寒風中哭泣

烏鴉
身上的墨色
白晝宣傳夜的黑
憂鬱飛街市

晨霧
晨穿五里霧
車燈探照疑太虛
神瑛隨僧道

菜販
比人起得早
青菜蔬果各樣齊
客詢己先笑

雜貨店
名符其實雜
茗葉格草南北貨
油米更不缺

讀蕭紅
呼蘭的召喚
一路在跑憶童真
文學綻洛神

月下
半邊月的路
異鄉人與石較勁
踢響了孤寂

空白
空絕非全無
白也是一種霜色
妙清風明月

海闊天空
水連天的海
無須費心去量愁
唯見寬與高

樹搖風
樹葉頻搭語
搖頭晃腦頌晴天
送吹一陣風

題鳳凰木
自是踩青遲
欣見枝頭有一分
鳳凰蓄紛飛

泥濘路
小腳沾泥巴
拎鞋徒步上村學
風雨求知路

麻雀
小巧麻雀群
晨起園游樹菜田
一啄一愉悅

校工老兄
揮汗不言倦
美化校園維整潔
幼兒上樂學

割草工友
定時剪植被
大地有你容貌潔
清理一寸心

舊時地
汗水的中年
我又回到舊時地
人事重憶起

旅夜
二十年後夜
如夢重見敘同誼
燈花飲杯盤

作者簡介：南風，原名鍾高順，東馬砂拉越古晉人，愛好文學，初中
時代開始寫作。踏入社會停頓過一段時間；寫作新詩、散
文與小說，作品散見本外地網路文學刊物上。
目前為【四海·文學雅舍】之管理團隊。

14李佩芳

長亭外
清柳訴前程
心經共鳴殘琴聲
文章隱紅塵

放風箏
草坡起紙鳶
凌空和風翼闊展
縱情人忘年

老師
常改作業早
愛惜光陰責任高
無私人漸老

桃源居
引水灌春園
夏蓮秋菊果蔬鮮
野鄉桃花戀

開卷有益
你讀過的書
引導心靈出迷路
行廣瀚旅途

銀杏樹
契闊滿庭深
千秋少語落葉心
頻施片地金。

景色心聲
良辰美人間
煙雨杏花落湖面
白髮藏紅顏

慵懶
遠眺依窗前
向晚鷗鷺覓濕田
新月懶相見

轉變
定千瘡忍痛
掙扎心底穿百孔
何懼康莊容

公雞
高臺破曉聲
啼醒多少南柯夢
春暉萬物生

寒山吟
焚夢同根愛
冰雨喚黎明清白
心醒春花開

情人節
挽君走一場
不讓柔情破枯荒
執手扶搖上

掃塵
山靜依心讀
足踏嵐風草不孤
清安唯知足

佈施
溢出善財緣
福滿乾坤缸裡添
樂有餘慶年

頂樑柱
落日草廬寒
當家勤耕朝暮晚
不覺彩霞殘

山中生活
嵐景煙雨綿
白梅隨風落花澗
歲月化炊煙

無患子
田耕好時機
春夾冷雨逼寒氣
卻使農人喜

君子行
煮好茶壹壺
雖淡有清香皮骨
敬寒梅松竹

地藏願力
浮世猶幻夢
願灑熱血染蒼穹
雙肩扛濤風

潑墨畫
筆踏柔情水
錦心浮玉雁影飛
山嶽霧舟隨

夫妻情義
四季苦奔忙
等哥活出人模樣
止住妹心傷

野鶴
閒雲繞煙紗
囂城已遠近梵塔
由自棲彩霞

茉莉花
素姿冰魄漾
晨柔露清吐芬芳
茶中一味香

山水
你背影依舊
總想下筆留溫柔
美又怎麼偷

一路而行
時光雖易老
枯榮同走中庸道
素華一樣好

女德
地坤乾為天
把深情柔腸百轉
寫成了平凡

本有
心燈沁光明
破暗塵勞鎖如鏡
明珠千萬澄

宇宙之光
江海平如鏡
千萬里心共月明
瀲灩蒼生情

昇華
著詩掛天涯
候乘太陽星月載
行心船之海

敦煌石窟
彩雲慈妍芙
霓裳虛步凌波舞
欲醉入畫幕

花農
花田似錦被
青山唯獨繡球美
夢裡含笑睡

江南茶樓
星月滿穹蒼
撫琴繚繞曲幽揚
氤氳壺水香

披星戴月

飛鴻乘戰甲
鞍馬馳北復南下
家安糧草加

時光

咫尺常蹉跎
刻痕宛轉字斑駁
空裡何寂寞

東航空難

飛機直下墜
驚嚇不已命垂危
泣血荒山頹

開屏

繽紛羽扇仙
孔雀爛漫紅棉艷
芭蕉景無邊

玉鐲

似水無波瀾
溫潤羊脂腕上絢
母愛移做緣

不急

斜靠依窗棲
花前樹下松鼠戲
移步輕呼吸

走運

鴻運正升騰
丹心氣貫斗牛星
闔家喜同慶

元宵

春燈鑼鼓鬧
月圓花好慶元宵
到此年過了

作者簡介：李佩芳，祖籍河南省濮陽市，曾在1982年任出版家文化有
　　　　　限公司。奠定自己涉獵傳統文化之根！平日勞務繁忙，機
　　　　　緣下二年前結緣俳句文學。目前是「四海文學雅舍」管理
　　　　　團隊成員。

15高澈

印度煎餅
妙手翻來回
煎餅功夫嘆傻眼
老謀精伎倆

黃花傷落
賞英當及時
莫待觸目飛香消
淚灑黃花瘦

棕櫚樹
身直挺軀幹
不修邊幅開綠傘
心志比天高

孤芳
牡丹孤野綠
不附國色天香體
悠然笑風雨

嗡嗡叫
蒼蠅群嗡叫
光天饞食萬家糧
吃盡不眨眼

螃蟹
江湖莫招搖
不識橫行有時盡
宿命掛血袍

好愛玫瑰
簾後玫瑰心
九十九朵獻殷勤
刺痛情不變

紅燈籠
開顏蘋果臉
喜聞春天的跫音
滿心迎好年

鏡花水月
鏡花摘無形
水月撈空空有影
異想吹蒸氣

哭
烽火無休止
難民哭泣無歸期
女神不經心

傘
撐開小傘情
斜雨輕推身相靠
善女護瘦老

和平
鴿影撥硝煙
馱和平曙光樂現
路遙啾聲杳

偽君子
提油滅戰火
歇斯底里狂犬病
陰笑無廉恥

月下
夜空有妝鏡
圓月為誰照風采
人抱琵琶來

悲
戲子烏鴉秀
美麗政客偽相挺
悲壯禍國獎

性
烏賊性相聚
噴黑能事唯一招
油炸始驚心

作者簡介：高澈，七十年代開始寫詩，退休新加坡人，喜歡塗塗寫寫詩歌。

16胡淑娟

黃昏
山外雁成群
扁舟獨泛夕陽情
晚風渡江雲

哀清明
春草滿墳塋
愁思遣誰能開解
香燭引魂行

傷逝
青春少年遊
驪歌心碎催岸頭
落日遣孤舟

失眠
寒枕入薄衾
春夜魂夢難消停
曉風滅殘影

捕魚樂
山水接雲天
漁夫身在此凡間
卻如畫中仙

傷悲
微霜浸濕衣
三月春意留不住
花影醉無語

景
紅牆低飛燕
綺麗雕欄盡拍遍
綠瓦添新顏

思
月滿大江流
紅塵夢事幾度秋
點滴在心頭

思念
華枝香滿庭
咫尺春夢如千里
月圓在天心

相逢
眉間聚凝眸
韶華悠悠隨春逝
何日再回首

花
堤岸數枝梅
遠望好似雪紛飛
更有暗香吹

悲
月見傷心色
滿階落紅花不掃
雨聞斷腸聲

作者簡介：胡淑娟是北一女中退休教師。曾得過臺灣詩學創作獎、妖
　　　　　怪村新詩獎、聯合讀報截句詩獎、台客詩刊詩獎。也出版
　　　　　詩集。（胡淑娟老師已往生）

17齊世楠

寒冬有感
生長寶島南
瑞雪偶而飄高山
幸多氣溫暖

野趣
野地多迷奇
小花引蜂蝶採蜜
大地演默劇

油桐花開
春迎桐花季
四月賞雪冷風襲
好景吟詩意

晨唱
窗外的枝梢
群雀吱喳耳邊繞
歌語仍未曉

賞櫻
島國綻寒櫻
當年迢迢探東瀛
賞花憶舊情

髮白術後
老友忽白頭
緣起關節開刀後
雪趕烏雲走

古意少年
思愛懷日夜
情戀難言成心結
倩影藏腦穴

賞梅
寒梅綻山中
麗日和風集人眾
意雅賞花容

年末打掃　　　　　村鄉寒夜
舊屋多垢塵　　　　有人戀螢光
水桶抹布拭紛紛　　偏鄉闃靜無聲響
痠疼已老身　　　　多數就暖床

作者簡介：齊世楠，自幼喜愛文字詩章，忽忽已越甲子時光；而今嗜
讀俳句，雖聰慧不足亦稍有靈感。拙句曾忝錄《五七五臺
灣俳句精選輯》2020首版。

18林正義

疏浚
洪往低淊潡
分流清淤設水閘
護溪岸戶家

春信
大地流暉照
嘉樹芳蕊競相燦
稱慶時序好

上玉山
獨聳百峰環
幾許英豪奮力攀
攻頂欣悅觀

郊行
身抖冷濛煙
塵徑孤寂只風呼
走來心索然

世情
平生如夢魂
風情景象幻還真
轉眸去無痕

山水幅
禿筆紙皴寫
青嶺碧河來有餘
雲鳥落太虛

蜘蛛網
結網學伏羲
八卦形藏生死機
裁入活出稀

大汛
洪漾溪滾急
雜草枯木起伏奔
嶺豪雨淅瀝

觀飛瀑　　　　　　　　黃道
挺身仰頭瞻　　　　　　月日無落昇
陡崖兩端掛水簾　　　　天體無邊巧妙行
入耳轟隆聲　　　　　　時序輪替更

作者簡介：林正義，民國40年8月15日生（1951.8.15日生），空中大
　　　　　學畢。經濟部水利署第十河川局人事室主任退休。喜歡文
　　　　　學欣賞，詩詞寫作。

19陳仁

玉蘭花
子夜綻芽苞
三更玉蘭花香漂
採集到市場

昭和草
臺灣野茼蒿
二戰需要引熱潮
故稱昭和草

蜂蜜
春風百花開
蜂兒聞香採粉來
甜蜜眾人愛

青蛙
黃昏夕陽下
聞聲不見影青蛙
水溝草藏家

杜鵑
合歡山杜鵑
斜坡開滿花嬌媚
峰嶺巔勝美

夜曇花
子夜曇花開
一對時間短綻采
庭院香風來

浮萍
隨風漂不定
綠葉浮萍逐水行
春天裡來臨

咸豐草
冰涼青草茶
夏天降火保肝佳
內行識真假

蒲公英

芳草蒲公英
蔬菜當藥炒煎行
風信子飛定

蝌蚪

記得小時候
春耕蝌蚪滿渠溝
生機旺蓬勃

作者簡介：陳敦仁（筆名陳仁），祖籍臺灣雲林縣口湖鄉，現年63
歲。喜愛攝影、詩文創作。自由職業，性格開朗。喜結交
文人雅士，作品多發表於網絡各大詩社。

20吳詠琳

花嫁
庭前鞭炮聲
燈籠高掛喜臨門
花開蔓藤生

秋至
山林悄轉紅
樹葉婆娑賽蟬宏
時序已入秋

李白
夜色赴清風
盈月酒醇逸懷中
陶醉美人夢

別
揉抹弄琴弦
相送情斷珠淚垂
琵琶訴哀怨

禮物
翻土勤耕鬥
春植瓜果秋種豆
天酬好豐收

競妍
春花賽美妍
櫻姿毓秀容嬌艷
群芳啞無言

漁郎
夜半駛出港
舢舨身搖捕撈晃
歡喜滿歸航

異情
前世夢中見
今生相遇半遮面
錯身不知年

聞香
輕啟一扇窗
花香飄進我心房
喜悅如朝陽

初春
巒山青溜菁
桃李綻放初吐情
春風催人醒

作者簡介：吳詠琳，筆名：梧桐，1969年生，臺灣高雄人。長期從事
財務管理相關工作，曾於海外工作多年。喜歡散文、新詩
和俳句寫作。作品散見於各報刊和詩社。

21帥麗

雞啼
萬象啼音起
千秋百歲旭日移
晨光仍春曦

遠古
娛孫談遊子
舜禹治水創五制
同源帝王治

冬梅
雪花飄梅蕊
髮辮繫結飛纍纍
女少望山水

遊牧
蒙包圍羊侶
炊火哺乳母休憩
紅頰賽巫女

臘月
竹竿串腸香
親友成團拱手揚
紅襖祈年旺

通商
石棋算盤移
貝殼易物通洲際
良民勤耕地

瓦厝
流紋映泥磚
友呼春秧何時長
兒歌庭院傳

領地
水域草原溼
王朝腰斬盤古史
傳家懇荒屋

雪地　　　　　　　芒花
靴印深遂行　　　　冬歲始春雛
返程遙思故人親　　石壁離人相續至
白面映紅眼　　　　笤根飄泊子

作者簡介：簡淑麗，臺灣臺北。習詩賞文‧文作散見各報及詩社。

22盧國樑

假如
仰首望穹蒼
無悔共賞山河壯
嗤鼻對廟堂。

望穿秋水
縫褓如寶瑰
不逢佳節不見回
誰憐三春暉

舐犢
白璧本無瑕
精雕劣琢定身價
何來論真假

浮生
聚散各有時
緣起緣滅皆天賜
何必太瘋癲

毛情
一生共成長
十載恩情非短暫
銜塊謝艱難

荼蘼
昨夕盡歡宵
今朝驚聞人已渺
難捨送君遙

回眸
回首言又止
明眸晶瑩猶昨日
恨天不假時

世路
百載凡間路
逸勞終亦歸塵土
何處非殊途

歲月
鳥盡弩弓藏
戰馬回鄉猶力壯
不見舊紅妝

遊子
水草深幽處
回首不見來時路
逆走不歸途

作者簡介：盧國楪，網上閒人，初試575俳句，粗陋處懇請賜教。

23林志男

茅臺酒
清香見杯底
甘醇爽口潤心田
悠然在雲間

丹楓
蒼勁染金黃
夕暮霞飛豔山莊
光照葉丹霜

橘子
皮皺臉金黃
不論酸甜皆品嚐
一剝果肉香

削色
花無鳥不語
林森翠綠也枉然
泥黃秋水染

楓紅
滿山落葉飄
色飛凌空縈回繞
幽徑紅透了

沁心
園地花粉盈
隨風飄逸香水氣
采蘭沾滿衣

平湖
湖上夜行舟
煙波寒氣秋水流
渚靜沉睡柳

風和
明媚滿春光
微風吹柳輕搖蕩
溫柔送涼爽

暮色

天際彩雲飛

夕暮霞光雁歸行

關山落日景

山嵐

煙雨霧濛起

一道閃光雷電擊

樹芽泛綠意

作者簡介：林志男，俳句素人，喜歡文學，曾參加《五七五臺灣俳句精選集》。

24Bambee

鄉愁
一曲離歌淚
飄洋開拓波浪多
寄旅何時歸

秋思
惱人晚秋雨
楓林落葉東飄西
離愁添幾許

慈盼
鄉老思遊子
遠航歸帆可有期
幾番血淚流

詩香
海天暮蒼茫
詩興泉湧把歌唱
旋律飄四方

塵緣
人身寄逆旅
遂波逐浪渡野溪
輪迴幾來去

粽情
粽子香又綿
佳節盛裝吃不厭
每粒心串連

淨心
業障門開啟
嗔癡動念無明起
定性莫猜疑

童真
竹下冒新筍
童笑歡樂赤子心
如今何處尋

緣盡
誓盟已成空
留不住妳的心影
回首不了情

慈航
頓傳大法門
慇懃灌溉佛苗深
拈花皆學問

作者簡介：Bambee，熱愛散文、新詩詞、七律、激勵文以及575俳
句。徵文比賽得過佳作獎，也有多篇文章被刊登、收錄。
對佛學稍有涉獵～

25盧淑卿

老屋
孤獨站黃昏
日月接連來敲門
瓦片心頭悶

大樹下
樹下涼風透
童年往事如煙過
不堪話從頭

關窗
熄滅的燈光
落寞如海水滄浪
心門失方向

思母
人子念母親
心田一朵康乃馨
春暉永留韻

如願
慈顏來入夢
兩人相擁在懷中
此景幾時重

鄉景
晨起開小窗
美景一片如天堂
裝入詩行囊

致敬醫護
汗與淚交織
疫情嚴峻忙守護
堅持不言苦

信念
不悔的盟誓
兩情相悅若金石
前景美如詩

觀海　　　　　　　楓紅
邀雲來入座　　　　金秋現迷情
斟上幾杯敬貴客　　酡顏一片似酒濃
同桌飲高歌　　　　沉醉滿山徑

作者簡介：盧淑卿，生長臺灣，衷情文學，學習寫作兩年多，有新
　　　　　詩、俳句作品，散見各報章詩社。

26章夢涵

幽情
落絮無聲淚
緣愁萬縷東風吹
離緒任憑誰

寒露
山遠澄空寂
蕭疏桐葉露冷滴
千里鋪霜際

幽芳情懷
凝佇多姿態
恬靜初探一縷霞
眄睞幽芳在

梅
嚴寒罩雪霜
枝影橫斜素雅妝
凋盡暗香放

萬里愁
皓月丹瓊樓
戀嵐壯麗垂楊柳
山河復縈愁

勝景
山巒染風情
碧綠川流映樹清
陶然意幽靜

秋夢
醉湖秋水漫
俳句相思羅帶寬
魂夢傾盈滿

遣情
寫一季相思
滿懷心語無從訴
血淚化情詩

真情　　　　　　　　寂寂
臨窗徹夜雨　　　　　啼鳥聞悲秋
烹文煮字訴衷曲　　　靜景空寂誰相守
摯情兩相依　　　　　落花逐水流

作者簡介：章夢涵，俳句素人，喜愛文學。參加精緻文學社，紅塵客
　　　　　棧詩社，詩詞歌賦園地詩社，徵文比賽榮獲佳作，俳文見
　　　　　於國內外各報，「五七五臺灣俳句精選集」。

27鐵人・香港

過早
熱夢過冷河
乾瀝熬製逐曙光
麵醬惹塵埃

蔥蝦米腸
青蔥綴潛龍
浮白柔光思迴轉
歲月復昇華

秀色可餐
光與影勾勒
裊裊悠悠的線條
輾轉露華濃

天下太平
白雲傍瑩天
輕絮悠悠明鏡照
鳥聲透綠林

重慶
雞肋中珍品
煮沸一鍋鍋傳奇
舌尖上爽朗

咖啡醬多
凝神咖啡香
呼醒晚播的陽光
裹挾的醬釀

老舍
亭前葉披地
滴水殘塘苦留守
簷閣蜘蛛絲

雷雨
枯葉流水響
寂夜驚雷雨急瘋
日曆隨風飆

隨心而安

表面看起來
陶冶心感再出發
似乎很簡單

砥礪

披起零突破
拼搏冰天速度滑
騰飛雪神龍

作者簡介：鐵人・香港：香港土生土長。回歸後内地寄居，香港工作。常於文中滲透中港内地風情。熱愛嘗試，不吝各式詩體，及各地語言；並寄望推廣香港白話文體，及建立以「簡體文」發表的平臺。

28林南雲

夏夜
月半音律詩
紅塵夢醒時分外
夜裡思尋曲

遊子情
春風暮景遊
悠夏雲落秋水寒
冷冬故鄉愁

冬
歲月殘木枯
寒梅臘雪花豔冷
老樹催葉離

離塵
雲海伴孤舟
婆娑世界風笑迎
悠然水中影

晨夏
浮雲水底遊
慢步風微棧橋過
樹蔭暑氣消

冷心
雨斷情緣分
浪雲孤影紅顏淚
風霜箭刺心

哨船頭
波盪船輕晃
林樓水影相映輝
跨橋海連天

心碎
雨落花容醉
消瘦薄命心憔悴
癡情喚不回

秋楓

千林送秋深
雲笑紅塵忘樂心
萬山楓雨淋

灘江

船燈照夜魚
雲海迷濛罩煙雨
月悠映碧溪

作者簡介：林南雲（本名：林政忠）國中畢業，喜愛閱讀古典文
　　　　學，2020年2月開始學習俳句。俳句作品分別散見各報
　　　　刊、詩社。

29惜貞

煙花有感
一束魔幻燈
渾如蝶夢人卻醒
何時疫鬼清

荷露
下凡小仙歡
荷葉裙擺珍珠鏈
驚豔樹蛙喧

行草
幾行泥香襯
龍形步步遊無聲
併肩詩意耕

紅日
來時踏浪悠
看霞繪畫裁剪秀
流水知舊遊

看浪
江流飛白浪
翻看霞尾卷春光
聽風頻鼓掌

詩筆
思緒隨你走
一支揮灑四時悠
紙上心事留

梅
雪裡暗香飄
霜刀不改春來報
望中遲日朝

鳳凰花
那家新嫁娘
迎入夏來妝容亮
紅火整條江

雨
銀針劃破天
缺口拋下如飛箭
光芒草葉端

稻草人
無言邋遢頭
四時把關長駐守
鶯燕不敢留

作者簡介：賴惜貞，醉心中華文化，對詩詞曲俳皆有涉獵。喜歡隨興
而作。

30秋葉

風箏
扯動一片天
千帆遠颺碧山盡
纏繞在童心

春
春日遊山莊
暖風緩緩戲花香
蝶舞鬧芬芳

夏
盛夏汗漬留
梔子花開秀溫柔
似雲獨悠悠

秋
秋月桂花開
臺上廚師在彩排
費勁思食材

冬
殘冬臘八粥
梅林樹下曲自奏
勾起相思扣

滿天星
月下觀花影
朵朵迎風似星星
慶幸詩意濃

歸
花濃襲人醉
路已搖晃莫貪杯
該是把家回

惜
輕搖泛船槳
夕紅伴友將日賞
共把閒文扛

冬景
敲鐘來示警
雪夜無情地受凍
人去樓也空

爭艷
春天花香濃
驚動月光來賞景
那朵最多情

作者簡介：筆名秋葉，現是宅在家中的婦女，對於俳句，我是初學
者，感謝四海，讓我能夠學習到俳句。

31素心

王昭君
秋木立桑梓
鴻雁聲咽去還顧
琵琶寄相思

蔡文姬
暮色江天闊
願乞骸骨漢家婦
悲憤羌笛托

楊貴妃
玉容消酒遲
翩躚起舞繞指柔
芙蓉凝玉脂

西施
纖纖浣溪紗
一顰一慼惜天下
魚沉綻荷花

趙飛燕
衣香鬢髮弄
絲竹管弦掌中舞
掬水月閉容

美人樹
粉紅美嬌艷
盈盈秋水共長天
切忌犯紅顏

麗人
一襲華裳舞
凝住倩影蘭桂馥
九州雲夢悟

疏影
騎驢探春遲
踏雪尋梅暗香馥
灞橋贈詩思

江思
海棠春日醉
淺黛鼓浪堤漾水
鷺江夢鷗隨

青春
漣漪漾紅顏
歲月輪轉成秋鬢
擺渡忘華年

作者簡介：素心，文學愛好者，喜歡塗塗寫寫，曾嘗試寫小詩，沒有
什麼特別的作品。
575俳句是新嘗試，與文友共用17字的點滴樂趣。

32燕燕

冬飛
北風狂呼嘯
遠走高飛鴻雁邈
人字滿雲霄

春遊
燈紅江面留
湖風一夜綠岸柳
腮紅粉面溜

夏夜
茅草竹籬舍
斜風細雨湖畔閣
窗下誰過客

晚秋
秋煙楓樹丹
淒切鳴響慟寒蟬
荷枯菊花淡

端午
端午罷龍舟
疫情嚴峻日難過
屈原夢魂愁

虎年
鑼鼓喧天囂
除舊換新虎年到
病毒黑霧渺

嘆
生死一線牽
談疫色變已三年
隔岸卻不見

冬夜
雪花漫天飄
腳下歸路寸步遙
鄉愁心上繞

迎虎　　　　　　　除夕
年花顏色俏　　　　無眠守通宵
銀柳金橘姿態妙　　送牛迎虎紅燭燒
春聯換新桃　　　　滿堂福字倒

作者簡介：李燕燕，退休會計師、網上寫作人、讀書會會員，對俳句
　　　　　稍有涉獵。

33陳雅玖

燒焊
焊槍光閃亮
金屬馬上被塗漿
牢固又剛強

靜觀
芳香會語意
禪境修習喻禮儀
司茶道修習

嚐味
聆聽夜雨聲
品香韻醇茶一盅
薄翅透湯中

漫旅
吊橋輕步搖
四季山頂雲霧罩
縱情樂逍遙

念想
斜陽對影瘦
雪桐錯置枕畔蓆
相思惹白頭

維修
車子鏽痕斑
送廠維修大更換
光亮又美觀

季轉
煦陽催火紅
木棉三月花蒂落
回首春已過

補爐
看圖動工具
三頭六臂都用齊
一焊物成器

雜工
物件雜亂放
雇工心細撥亂反
物件都改觀

冠病
病毒新冠號
周遊列國眾人嚎
趕緊戴口罩

作者簡介：陳雅玖，70年中四畢業，目前在鐵工廠打雜。喜歡文學俳
句寫作～

34蔡友潮

自在
霜骨拒風頭
不懼榮枯花自悠
浮雲恣情遊

夜
月入景朦朧
幽宵伴草木悲風
雲歸碧落空

江邊
微風皺清波
碧落長雲舞婆娑
江邊誰寂寞

晚霞
幽景漫飛霙
緋霞晚照多般美
懷橘念牽縈

化雨
浮雲漫碧空
無心化雨雷轟隆
枯澗又渾洪

蓮
紫裳仙子妝
散發那悠然冷香
浪漫凌風霜

秋霜
月落雲卷舒
一夜秋霜新葉老
巖隱弄玄虛

荷
青蠅繞紫裳
朝露化氣浮觴花
嬌顏舒心泉

海嘯
警聲響四方
地震海嘯漾波濤
萬念溢思潮

端午節
忠魂千載冤
粽子香茶過端午
吟詩惦屈原

作者簡介：蔡友潮，新加坡人，潮籍，早年華校生，曾從事于佈景和
　　　　室內設計，茶葉專賣店，嗜好繪畫，書法，茶藝和收藏，
　　　　退休後閑作詩詞，近兩年在四海文學雅舍薰陶學習，嘗試
　　　　575俳句創作，承蒙前輩們鼓勵，贊賞和肯定，深感榮幸。

35林沛

傘之聯想
雨中撐蝶夢
蹣跚步伐聽葉聲
動處尋真靜

村莊之夜
月照竹叢響
村莊臉上沾酒香
夢入小軒窗

風雲色變
石壁映海藍
天地蒼茫風雲蕩
敲響驚濤岸

夜曲
江水啄月影
椰樹仰天嘆長空
風裏撥琴弓

掌
長短都自在
摸爬滾打都得來
能握也能開

口罩
封嘴為抗魔
要抵禦病毒傳播
挽狂瀾風波

世杯賽
爭睹世足王
踢出吶喊和目光
贏得萬民響

江河
巨瀾響聲疊
波峰浪谷詩情越
江河直奔瀉

憂思

月爬樹梢頭

無盡憂思上小樓

一杯解鄉愁

封城

城封陰氣寒

冠病肆虐人心亂

世情知冷暖

作者簡介：林沛，本名林佩強，祖籍廣東潮陽，著有詩集《大風起兮》。作品散見各報刊、詩社。

36紫竹

送灶神
廿四子時到
年糕麻糬不可少
祈福來年好

炊甜粿
白糖糯米漿
數個時辰旺火蒸
年年往上升

逛花圃
紅黃紫綠齊
年花盛開笑臉迎
春節新氣息

願
壬寅福虎臨
威風凜凜趕瘟神
庇護眾生民

年畫
濃墨重彩畫
信仰文化兼民俗
心中的祈福

春到河畔
艷陽伴暖風
絢麗花燈春意濃
闔家樂融融

年夜飯
全國齊抗疫
一家十口兩天聚
平安向天祈

立春
斗回寅歲始
萬物復甦顯生機
吉祥罩大地

揮春
灑一紙吉祥
迎春納福聞墨香
心願貼滿堂

七樣羹
單純七樣菜
人日食俗自古來
鄉情上桌台

作者簡介：紫竹，原名蔡美娥，生於新加坡，祖籍廣東潮安。畢業于
　　　　　端蒙中學、新加坡管理學院。畢業後曾服務於工商界，後
　　　　　負笈中國北京大學完成漢語言文學學士學位。今從事文教
　　　　　工作兼新加坡國家博物館中文義務導覽。

37瑤珝

臉
掬一捧溫柔
漾著流光的彩虹
歲月拂風皺

春晨
曉日叩東窗
雀鳥清啼沐金芒
嫩芽昂臉龐

神往
空谷自吟唱
林梢展翅任迴旋
悠然賽神仙

月琴
滄桑誰知曉
唱盡坎坷唐山謠
感傷拈指繞

語蝶
翩飛閃晶瑩
芳菲詠嘆世間情
絢麗掌中輕

夜景
打開寶石箱
炫惑迷人的晶亮
為黑夜披上

垂柳
柳絲頻叨擾
喚個漣漪來熱鬧
春風作東道

放風箏
迎風踏春色
紙鷂雲彩碧空合
牽引自其樂

兜鈴花
搖曳無聲響
尋花且聞淡幽香
討喜迎春望

悟
霧籠園道樹
遠看似山近卻無
身在景深處

作者簡介：瑤玔，臺灣台中是個溫度適宜的美麗城市，也是我出生成
　長定居的地方。喜歡旅遊和閱讀。

38斯雲

靜
深夜裡的雨
有時讓人不寂寞
是一種陪伴

悟
浮名逝無蹤
紅塵來去終是夢
何須與爭鋒

孤獨
一個人的路
缺少了溫柔叮囑
回首已荒蕪

羽化
在成蝶之前
總會有破繭的痛
為生命喝采

抉擇
躑躅頻添愁
分岔路口徘徊兜
往左或向右

無私
人間歡喜佛
上天賜福份予我
欣喜舞婆娑

流逝
曾經織的夢
年少輕狂太懵懂
明日已隨風

剖析
心層剝去後
赤裸得無法遁走
何以解思愁

堅守
只要妳還在
我用一輩子等待
幸福終會來

癡迷
最甜蜜懲罰
斟字酌句心牽掛
豁出去的傻

作者簡介：我是斯雲，閒暇之餘喜歡藉由文字天馬行空，浸溺在自己
的意象空間裡，希望以文會友，與詩友們相互交流、學
習，得以增加自己的知識與見聞。

39善亮

笑

丹青戶牖空

抵櫻杏色迎心笛

儂事女兒曲

人日

正月雄雞啼

一唱輕雲天下知

創世列初七

枕

皓月薄霧中

串渡晨曦迎相互

縱觀煽情素

誘

未飲君先醉

凝眸透露謝玄機

前世妾是誰

網

絡腮胡端倪

薄霧濃雲愁永晝

隱入俺推理

顳

忽爾一陣風

擊碎細雨蔚彩虹

魂播灌木叢

離

驪歌再興起

二仁無奈各追憶

哽咽難將息

味

咋虎同花鹿

一道鎖元到西洋

分野雙行路

渺　　　　　　　　回望月
一片浮雲碎　　　　山顛峰時代
凋零荷塘覓深處　　笑傲江湖問路窄
欲濺涉步飛　　　　轟烈遜光載

作者簡介：善亮，原名莊善亮，歷任新加坡莊氏公會會長，中文本科，工商管理研究生，從商。

40王莉萱

記憶
似乎被囚禁
難以重連的畫面
早已被封印

畫筆
手握緊畫筆
紙上舞動著身體
繪快樂童年

星星
星星點點閃
照亮了誰的心房
倚窗入眠晚

美夢
繡朵小紅花
將它放在衣裳前
編織場美夢

信
寄往至夏日
它被丟棄的夜裡
漂泊遠方去

坦蕩
做個柔情人
試圖讓明月見證
我愛得坦蕩

燈塔
為你留盞燈
那個溫柔的身影
消逝在秋風

說書人
沉浸回憶裡
聽你說的關鍵詞
已譜寫成詩

初戀　　　　　　　　　櫻
春天的季節　　　　　　春季的櫻花
愛情永遠不過時　　　　與愛人約定永恆
憶初戀那事　　　　　　攜手度餘生

作者簡介：王莉萱，處女座。創作，是以生命感染生命的事，在療癒
　　　　　　我的當兒，也在觸碰著你。

41林振任

元月
滿園香白雪
天冷梅花開遍野
橫枝樹影斜

魚寮遺址
倒影見晴空
一池碧水冷西風
催黃落羽松

等待
籬下菊花開
飛燕穿梭楊柳台
春暖即將來

開工在即
吃完年夜蛊
四方遊子各西東
收心待上工

大寒晴
住戶洗衣忙
迎風萬國旗飄盪
黑紅藍綠黃

春寒
林梢掠冷風
思鄉遊子幾時窮
漫步夕陽紅

翠峰
漫山凍霧淞
幾疑身處水晶宮
驚喜報寒冬

野鴿
天色近黃昏
歇腳停身又一村
落日了無痕

鴨

柳搖春水茫

桃花欣喜扮紅妝

戲波迎日光

元宵

十五月兒圓

燈籠高掛照新年

笑容格外甜

作者簡介：林振任，從事保險業務工作。106年開始學寫詩，純屬興
趣消遣。

42陳麗玫

詩人
提筆頻傾訴
晨曦餘暉永如故
感傷卻滿腹

病毒
倡狂攻入身
終日口罩掩鼻唇
頑強的敵人

想家
遠方夕陽紅
斜照斑白瘦老翁
鄉愁託飛鴻

失眠
樹梢漫月光
佳人窺探半掩窗
思念釀酒藏

錦色
漫野泛草香
風竄花間水塘漾
月色情思長

油桐花
迎風燦顏開
猶如那白雪皚皚
落地詩魂在

百襇裙
厝內的衫櫥
藏著阿母的青春
一領百襇裙

針車
雙腳齊步踏
針頭穿著長花線
生活的靠岸

老鏡台　　　　　　　　手巾仔
鏡前生份面　　　　　　送你园胸前
只賰同款的眼神　　　　辛苦針線繡鴛鴦
頭簪插佗位　　　　　　敢知阮心情

作者簡介：陳麗玫，家庭主婦，自2020年一月開始學習寫作，台語
　　　　詩、童詩、華文詩曾被詩社收錄，俳句尚在學習中。

43傅滿全

空房間
豈易學瀟灑
誰信去住如片雲
四壁皆鱗爪

惑
鷹鴉啼啞啞
撩亂白熊惑百獸
詰屈又聱牙

窮
碧落沒有崖
黃泉萬里不著邊
去來一念間

燈塔
照古不照人
悲歡看盡仍在港
無言立孤盞

愛巢
真愛在燃燒
溫情滿室遜他方
曾經似箇長

模擬畫
乾坤生於無
不著泥水結葫蘆
底事學屠龍

驚蟄
擎舉若千鈞
春聞一響催懶人
鼉睡猶起身

俄烏戰
不能進伙房
烏鴉總愛啼失火
兩廚鬥嘴忙

雞鴨同講   判讀
普馬談世道   雞言入鴨耳
丁丁暫時不打孩   雀躍今來轉哀鴻
聞聲牛轉來   不幸成箭靶

作者簡介：傅滿全，家鄉新竹縣之新湖口鄉。為詩為文為畫為各類
　　　　創作。

44潘佳營

櫸樹
冬樹皆光禿
唯你緊抱黃金葉
林中守財奴

舟
千里泛單舟
樂在萬重波濤處
與自然共舞

化石
末代華校生
島國封塵的歷史
靜默成化石

故土
寒風中漫步
遙想赤道的故土
心暖如火爐

夜
冬月照林間
摩根溪水波漣漣
夜烏啼樹巔

思念
今晚冬月明
妳昨夜倚窗久凝
在赤道邊上

夜雨
夜雨屋簷滴
家鄉老屋入夢裡
溫馨又甜蜜

馭民術
謊言惑萬眾
意識形態洗腦空
戰鼓擂心動

月夜　　　　　　　　　泛舟
夜風戲睡蓮　　　　　　舟迴千百轉
湖光月影舞翩躚　　　　拔水巨樹枝枒漣
遠山蒙被眠　　　　　　何似在人間

作者簡介：潘佳營，1956年出生於新加坡。1985年獲美國伊利諾大學
　　　　　電腦學位。1987年和1991年先後獲得北卡羅萊納大學碩士
　　　　　和博士學位。
　　　　　寫作與繪畫是業餘嗜好。曾出版綜合文集《美國夢新加坡
　　　　　情》及短篇小說集《婚姻牢籠》。

45逸梅

晚春
綠葉已蔥蘢
片片飛花入簾櫳
春歸心坎中

春遊
蜂蝶採蜜忙
聞枕草香織夢長
靜看鳥飛翔

早春
細雨輕沾衣
楊柳纖纖舞飛絮
蓓蕾綻生機

雪霽
雪花夜飄揚
晨間皚皚天晴朗
草坡耀銀妝

詠漢俳
漢俳真窈窕
言簡意賅兼顧到
字字皆精妙

浮雲
與風結誓盟
雙雙攜手奔前程
聚散兩不驚

初會漢俳
邂逅俏漢俳
風雅精緻意澎湃
願化蝴蝶來

青苔
歲月沉石隙
悲歡成敗濡朝夕
綠意顯心跡

櫻花
早知春難駐
飄揚飛花晨與暮
寸心隨風舞

戰禍
倉皇別家園
烽火無情四方竄
如何出生天

作者簡介：何惠梅（筆名逸梅），已退休，越南華僑，現居美國華盛
　　頓州西雅圖，喜歡寫作。

46佳馨

駭客
偷走時間者
木馬出招弄亡鎮
智慧玩錯了

瀏海
飄在額前物
剪刀技藝形象出
看像飛揚品

鞦韆
盪高美青春
童心永遠嵌歲內
停下時光記

協力車
旅途明亮騎
生活感風景紓壓
兩人合力乘

貓鬧鐘
兒時記憶中
定時跳舞來叫床
長大眸聽鬧

桃花
走入桃花園
人面春風憶昨日
不同景深院

被窩
寒流入時躲
溫馨美麗港灣護
被窩暖封閉

蝴蝶蘭
架增你身高
美麗旋轉舞芬芳
走過一瞥好

全家　　　　　　　　　足球
客人來買時　　　　　　英與美挑式
日日愉快青春事　　　　生活志在參加日
從黑夜到光　　　　　　比賽玩樂時

作者簡介：佳馨，我眼盲又弱聽，熱愛閱讀與寫作，也喜歡與人交
流，不敢說自己在寫作上有多大成就。我是大學國文系畢
業，研究所台文所碩士，作品「生命鬧鐘」在第二屆漢邦
文學獎視障社會組獲新詩佳作獎。期望我的作品能讓更多
人看見與喜愛。

47高要凌雁

居家學習
課堂不聚首
居家學習望鏡頭
疫症幾時休

春聯
漢字分繁簡
春聯對偶不能免
寓意在心間

筷子
春筍長高枝
截竹製成雙筷子
相伴不分離

驚醒
一聲驚雷響
酣睡姑娘跳彈床
朦朧去梳妝

賽龍舟
划槳齊下水
龍舟昂首鼓頻催
力歇不知疲

舞獅
獅子不貪財
跳躍飛騰拜年來
賀歲百花開

筆難書
提筆書所想
狼毫石硯墨已乾
忍淚眼中藏

際遇
禍福誰能躲
潮汛湍流千帆過
悲歡莫奈何

滔天惡浪　　　　　　　　天道荒唐

滔天掀惡浪　　　　　　　惡霸逞蠻強

風雲色變化血光　　　　　安分庶民遇劫殃

靜海拼瀾洋　　　　　　　天道已荒唐

作者簡介：馮轉成，筆名高要凌雁，又名凌雁，退休中學教師。

48鍾文鳳

失思詩
夜半憶故人
聖賢之德日已遠
寤寐求之難

羞
心中一把鎖
唯恐筆下醜奴兒
欲訴口難說

獨立
寒夜雨珠簾
淚濕羅衫不成眠
淒苦猶帶憐

深情
緣定三生石
今生結髮共甘苦
來世伴君舞

心結
心事如柳絮
蒼天未曾傳消息
傾訴能幾許

情濃
美酒加咖啡
花前月下醉幾回
化蝶比翼飛

遣懷
手機在外頭
信手拈來詩一首
奈何成蹉跎

潤
以文會詩友
朵朵奇葩勝似火
情長天地久

春遊

百花多嬌俏
春紅綠意映小橋
遊客歡顏笑

征途

讀書一籮筐
功名未就莫心慌
努力加餐飯

作者簡介：鍾文鳳，目前是小學老師，對文學有興趣。

49秋雨柔

柔
臉紅心兒跳
含羞答答回眸笑
淑女蓮步搖

青豆餅
一粒不嫌多
酥脆香甜青豆子
軟綿溶在口

念親恩
溫柔輕護航
叮嚀萬囑耳畔響
情深頌母恩

湯藥
藥材多滋補
為你洗手煮羹湯
清香飄滿室

早安
一聲問安好
溫暖晨光將你抱
心裡樂逍遙

擂茶
青菜配豆腐
薄荷芝麻九層塔
香甜伴擂茶

親子樂
涼風迎面吹
兒童笑語滿天飛
親子同樂會

菠蘿蜜
香甜黃金胞
搖醒熱情的味道
脆口嚼勁好

醉

忘了酒中香
不知身處在沙場
醉裡歲月長

水災

稀里嘩啦下
奈何大雨釀成災
眾生皆受害

作者簡介：秋雨柔，秋天的雨，是我心中的旋律。滑落的，是心中的
　　　　　溫柔。
　　　　　我喜歡孩子，目前是安親班老師。除了喜歡詩詞，也喜歡
　　　　　背著相機，看盡人生百態，留下花間美好。

50莉倢

貝殼
足印沙灘臥
裝滿濤聲響耳廓
化石成千古

衣櫥
入牆式衣櫃
擱淺的春夏秋冬
掛滿皮千層

熨斗
誤解成皺褶
細雨灑落路平坦
燙不走思念

茶葉
以熱水熨貼
煮一壺山中歲月
甘香漫味蕾

夏至
太陽已開張
晝長夜短收寒氣
每條街川燙

中秋月
亮黃色眼瞳
踩過歸鄉的肩頭
彩繪團圓影

運行
單軌日與月
天旋地轉追逐賽
每朵雲翻開

鞋
兩艘平行船
一前一後永跟隨
停泊在門前

陽傘

遮日小骨架
盛夏開出掌中花
招來筋斗雲

青苔

向天氣商量
借貸一些雨時光
記憶就綠了

作者簡介：筆名莉倢，住在彰化鄉下地方，對於閱讀有著濃厚的興
　　　　趣。人生彎道多，希望找到屬於自己的風景。放出瑰麗的
　　　　文字，自由自在地在紙頁上跳舞。

51鍾韋樂莉

退休
茶詩兩溢香
閒來雍雅韻墨忙
遂心度夕陽

思親
淚千回已遠
蜿蜒思線織成繭
化蝶再續緣

棉花糖
摘雲入手心
拌糖加蜜誘舌尖
瞬間化烏有

春光若水
風鈴倚蒼松
青絲草履舒雲日
蟬噪雀林深

荻花
寧棄花之名
山頂追雲逐淡泊
白髮戲薄秋

知己
春沐和熙風
長空碧海共夏秋
淨如冬溪水

怡然
畫藍天為帳
海際無垠盡似床
長袖舞紅妝

思親
心繫枝頭上
意隨雨點悲花落
奈何風不息

心雨
總悄悄來襲
來不及曬乾軀殼
又淋溼了夢

水槌效應
誰家滾彈珠
攪人清夢壞鄰居
深夜拖傢具

作者簡介：鍾韋樂莉，新加坡籍，三年前開始對新詩產生了興趣，並
　　　　　被新詩的魅力所吸引。作品分別刊載於各報刊以及收錄於
　　　　　各詩社。

52秋詩霖

啼音初試　　　　　　　喜
好奇湊熱鬧　　　　　　空谷蘭綻放
不知其中之妙道　　　　不求人賞自芬芳
大家莫見笑　　　　　　隨喜心安康

懷念　　　　　　　　　生命之光
清明倍思親　　　　　　太陽來親昵
父母之恩似海深　　　　生命的力量升起
音容夢中尋　　　　　　您可感受到

詠竹　　　　　　　　　自然界
有竹人不俗　　　　　　大自然智巧
虛心受益有節度　　　　花鳥植物多美妙
剛強又精進　　　　　　魚兒樂逍遙

迎向陽光　　　　　　　知足
清晨起個早　　　　　　心中常喜樂
金光不停在閃耀　　　　胸懷寬厚性淡泊
浩氣沖雲霄　　　　　　凡事謝恩德

隨喜

浪漫值多少
雲走過天空之上
此後不再聚

聚散

久別又重逢
人生聚散兩匆匆
明月誰與共

作者簡介：秋詩霖，原名邱吉真（珍）。祖籍福建南安。熱愛華文寫
　　　作，小學華校，中學上英校。初嘗試寫詩，請多多指教。

53曉梅兒

風之寫意　　　　　　甜根子草
風斯啟詩意　　　　　洗塵淨如玉
為俳作詞寄心地　　　朝陽笑拂暖身軀
飄飄寫橫逸　　　　　迎風盪搖鬱

羽毛筆　　　　　　　炮仗花
羽翩優雅綴　　　　　春臨沐百芳
毛桿吸墨寫詩催　　　洋洋喜氣祥瑞盎
筆述書跡美　　　　　炮竹花綻放

清靜　　　　　　　　水中映景
塵囂遠褪洗　　　　　碧波襯雲彩
浩水如鏡清澈滌　　　幽山映現楊柳黛
心靜煩憂離　　　　　舟吻水影賴

景致　　　　　　　　古婚定情
梅語話藏冬　　　　　三茶六禮有
道盡姿影於心夢　　　交杯同飲龍鳳酒
鎖入空靈中　　　　　綺思共白首

雷劈雨急
晴離不得已
雷公電婆鬧脾氣
無妄雨來急

合作
鍋鏟本一家
互相巧配美事發
佳餚饗齒牙

作者簡介：原名梁玉鸞，自高護畢就擔負養妹責。婚後才知不孕至夫
　　　　　患躁症迫離，即返娘家照護殘疾愛侄，再轉照顧癌父至其
　　　　　歿就孤貧宅家。為自期如梅花傲挺於苦寒中，又不失赤子
　　　　　之心，故取別名「曉梅兒」近年因練寫俳，便成了筆名。

54夏蟲

修羅之春
日照春風起
枯木疏影葉凋零
野火吹不熄

春曉
日出萬里空
月沉千江繁星落
天綴一抹紅

愁
綿雨濺春泥
蟲鳴鳥喚苞待放
花枝落滿地

在水一方
雨驟風滿樓
春日盡隱水雲間
不見故人愁

邀月
雲淡皎月現
春風遲來酒亦盡
孤影醉已眠

驚夢
清河溶月影
挽袖撐篙攪春水
舟渡倦鳥驚

春寒
枯木褪青裳
焦土穢草鳥獸藏
春雪凍花香

掬月
晚夕春雨盡
橋柳垂首掬水月
飛絮惹蛙鳴

春雷
倚欄候佳人
春雷一聲寒相思
難刷朝暮犛

清明江畔
窗櫺春雨潟
青山霧茫共水色
寒江落雁啼

作者簡介：秦宇謙，筆名夏蟲。喜談玄妙之理，故取「夏蟲不可語冰」之意，夏蟲之名，忘形時而勸己。作品散見於《吹鼓吹詩論壇詩刊》等。

55家玲

忘情
山水相繾綣
陰晴濃淡似水墨
潑灑醉雲巔

隨緣
友誼因緣際
聚散悲歡誰能臆
瀟灑揮別離

盼春
歲時三月天
飛花帶雨意闌珊
春遲總傷感

春回
晨曦透簾窗
春寒乍暖心徜徉
風漫眸清爽

老照片
泛黃的笑顏
心靈悸動已不再
往日付塵煙

問藍天
心似雲飄渺
喜怒瞋癡腦海繞
仰天拋問號

寄情
生活忙與茫
寄語雲端解惆悵
情抒天地廣

再出發
日薄夕鳥歸
萬籟悄寂蓄精銳
旭昇展翅飛

志忑
風疾雲湧現
浮沉心緒難排遣
迷惘落塵淵

看海
遠眺碧波漾
颯颯海風透心涼
吶喊誰回響

作者簡介：家玲，畢業於輔大企管系，現執家管，在一年多前，因緣
際會下認識了俳句，讓生活中增添幾許文學氣息。作品刊
登過更生日報金門日報印華日報五七五臺灣俳句精選集。

56遊子

清明祭親
春鵑映萋草
父母恩情無以報
追思祭墳掃

疫魂
千金買人心
險嶺浮雲生死行
夢迎曙光臨

甜蜜的夢
喜迎財神招
金關羽錦門楣耀
醉醒博君笑

難吟曲
漲風疫雪飄
歲寒路漫人間道
詩吟苦難謠

空巢
一生血汗流
白髮換來兒女成
孤枕有誰憂

四海詩情
雅舍聚知音
詩詞曲俳自成韻
四海起風雲

作育英才
庭苑桃李香
孜孜成蔭春滿堂
繁蕾競芬芳

唱卡拉
沉久的歌聲
喜從落暉中清醒
夜不再寧靜

葵花頌
獨枝金黃香
昂首光明向陽放
丹心永世揚

惜別
風碎的浮萍
轉瞬天涯漂遠離
相聚總是緣

作者簡介：遊子，前德明政府華文中學畢業生。現為人協合格的教唱
老師。近來才提筆寫詩，謝謝大家～

57蔡炯修

昨夜
寂靜夜將深
把酒尋思好傷神
看花疑是塵

心冷
現實過殘忍
承諾成一紙空文
封閉愛的門

疲憊
愛已被撕碎
心中玫瑰早枯萎
諾言成虛偽

同學會
何止七十秋
猶記幼時鼻涕流
相期似茶壽

醒悟
癡迷是傻瓜
被傷還為她牽掛
今生成笑話

辭歲
獨酌感慨深
歲暮明日又新春
杯盡復一斟

晨曉
春色鬥雞鳴
閒步欲舒山野靜
相逢昔日情

月臺
世間可憐情
南北驅馬喚怨聲
癡魂嘆愁行

櫻花戀　　　　　　　　幻夢
春風顯嬌媚　　　　　　夢如此迷濛
紅蓋疊花香瓣醉　　　　清晰笑容心怦動
引蝶戀不歸　　　　　　隨月去無蹤

作者簡介：蔡炯修，臺灣鹿港是我的故鄉現居鹿港。世家經商對中華
　　　　　文化古詩詞情有獨鐘，曾醉心575俳句寫作。忝任：星星
　　　　　點燈，麻吉詩詞之管理員。

58李余瑞

培育
栽培是老師
教導學問盼明理
品德終身護

關懷
走過必留印
紅花綠葉相互襯
天地共涵心

積德
行善有天知
春園草長年復日
樂享平安福

晚年
黃昏最光耀
歷滄桑坎坷階段
回首情未了

困境
千年疫情逢
苦難翱翔遇暴風
天上災星動

立春
春臨枯木迎
百花競綻逢甘霖
喜見萬物盈

青山
山靜好參禪
晨鐘銅鑄引磬伴
時刻雲來探

克難
惡習貴立克
勤儉樸實是美德
安步可當車

情執
性喜修淨禪
晨鐘銅鑄引磬伴
佛音心內善

作者簡介：李余瑞，來自馬來西亞怡保，作品曾分別刊登於詩雨空
間，575臺灣俳句評賞集，575臺灣俳句精選集，更生日
報，印華日報，中華日報，金門日報各詩社。

59謝鴻文

山居
隨日升甦醒
聆賞自然氣清平
伴夕陽歸寧

黑夜
寂然穹宇闊
誰人舒捲墨畫軸
點群星入作

相思
明月照水塘
漫步獨影映池上
一念心蕩漾

悠然
水鴨愛春柔
日光暖照池無波
垂釣閒情落

抄經
秋深禪院靜
紅葉燃燒激悟性
落字撫心靈

竹露
幽林雨潤後
跫音獨響清滴奏
風雅高潔萌

華燈初上
夜色已輕掩
城市霓虹光閃現
回家心靜安

作者簡介：謝鴻文，現任FunSpace樂思空間團體實驗教育教師、林鍾隆兒童文學推廣工作室執行長，亦為華文世界極少數的專業兒童劇評人。

著有散文、兒童文學、論述等三十餘本書，及《蠻牛傳奇》等兒童劇編劇，是當代臺灣少見同時跨兒童文學/兒童戲劇，學術與創作兼擅的多元創作者。

60冰秀

蜻蜓樂
水燭映池中
蜻蜓樂開直升機
繞枝梢翻飛

枯樹吟
枯樹不孤單
歸帆點點燕鷗飛
日月風雲伴

親鳥苦
繞巢飛數匝
親鳥茫然求蒼天
告知兒下落

求生
苦旱強風刮
樹啟動生命密碼
爆出一身花

粽飄香
瘟疫非等閒
龍舟競渡轉線上
幸聞粽飄香

自戀
夏日百花園
帶刺玫瑰最愛炫
零落無人憐

禁堂食
五月禁堂食
客人減少車稀疏
烏鴉鳴空枝

春花
春節訪群芳
麗格海棠花初綻
至今猶留香

日月爭輝
傍晚觀斜陽
桅杆錯落水波漾
金鏡放光芒

作者簡介：冰秀，原名陳秀元，退休教師。喜歡寫作和攝影。

61黃淑美

早課
窗外雀鳥喧
明媚春光擱筆硯
俳歌繞風簷

戲春
粉蝶穿花間
浪漫飛舞似神仙
挑逗春雨聞

有約
荷塘池上蛙
熱情奔放聊情話
聞來戲藕花

觸景傷景
紫藤綻芬芳
風情萬種競奔放
遲暮惹神傷

放下
楝花春已老
手持一張泛黃照
愛戀隨風飄

幸福
聆聽鳥語笑
歡喜親近入山腰
遠離塵俗攪

新春
綻放在春天
四處蔓延深情戀
平安迎虎年

作者簡介：黃淑美，護士退休，熱愛文學、現代詩、散文、575俳句。

62陳子敏

海濤
浪濤一波波
聽到地底直轟隆
心沉重如鐘

海天
遠觀海與天
一道線隔兩空間
近處人和水

鏡
鏡中不是我
目光灼灼向前瞻
會聚於無間

山路上
腳不時踩著
徘徊於想與不想
心隨即轉折

綻放
心花朵朵開
配角反串成主角
共享的世界

浮生若夢
醉夢雲中盼
心石隕落步沉鐘
浮生海現蹤

出塞
一步步遠了
回眸家已在千里
一擔擔重了

春
樹枯釀重生
蝶飛花舞顯浮動
心清懷舊情

作者簡介：陳子敏，筆名敏陳，退休教師，喜歡哲學，文學，攝影。

63楊蓁

夜
黑洞誘人眠
殘花落谷不知天
墨染一湖田

念
細針繡明月
粗紋鏽額心無怨
相思滿人間

夕陽
晚霞摟山吻
金光羞澀撩波紋
孤舟伴黃昏

曇花
夜半羞露顏
天明揮袖說再見
離捨一瞬間

雨
秋來雨如絲
千軍萬馬墜心池
車轍遺萬世

晨起
晨起步小徑
溪清魚躍鳥爭鳴
花紅楊柳青

竹
狂風掃落葉
一身綠戎迎硝煙
傲骨攀高節

三月蟬
三月知了鳴
蟬衣掛枝留虛情
脫俗換殘命

作者簡介：楊蓁，祖籍廣東潮安，現居泰國。喜愛文學，詩歌散文。

64羽立思

新春思親
新春疫未盡
親人遙隔萬重嶺
鄉愁湧上心

送柑
金黃色的柑
獻上祝福送一籃
願富貴滿滿

虎年
猛虎將下山
一心要把瘟疫攔
春來愁雲散

豐收
春天百花開
蜂兒殷勤採蜜來
大豐收可待

過年
富貴花銳減
新衣紅包總難免
不能窮新年

報春
吸飽墨的龍
紅毯上生威舞弄
祝馬到成功

春
百花爭開遍
梅花牡丹相賽妍
日日是春天

作者簡介：陳煥洪博士，筆名羽立思。馬來西亞師範學院漢語及英文
　　文學講師。

65凡人

善惡
正邪左右旋
糾結矛盾擾心間
冥思化萬千

夢想
渴望隨雲海
飄流遠方寬自在
無束於塵埃

廚師
生平火為伍
烹煮雕塑不馬虎
宴桌顯功夫

舌頭
獨住暗小屋
吃喝鑑賞我莫屬
但不曾飽足

省思
點燃一根菸
吐納著繁嚚塵味
冥思化千結

心尺
尺寸匿心間
審核度量別是非
進退得全面

默問
奈何勤買醉
空檔心靈是為誰
人生能幾回

作者簡介：本人黃治雄來自馬來西亞，以筆名凡人書寫俳句。在此希
望能與各位先進互相交流以增進寫俳能力。

66楊敏

石榴花開
石榴花怒放
嬌艷欲滴壓群芳
貴妃樂開懷

驚蟄日
平地一聲雷
久旱甘雨萬物醒
農民春耕忙

落日
日落西山後
紅霞閃耀跨天際
仙女下凡塵

街燈下
彳亍街燈下
寂寞影兒伴我行
欲語又還休

玫瑰
笑靨迎朝陽
不與百花鬥豔麗
芳香送四方

夜雨
颯颯風雨來
庭院落花遍地紅
蛙鳴蟬聒噪

兩隻蝴蝶
蝴蝶雙雙飛
花間細語情意濃
地老到天荒

作者簡介：楊敏，原名楊梅珠，退休教師，來自馬來西亞砂拉越木中，主
要作品是童詩和生活散文，作品曾發表於《星洲日報》、《犀
鳥文藝》、《人間煙火》，早期作品刊登於《國際時報》。

67高朝明

不盡
菩提非自性
種在智鏡漣漪盈
總是拭不盡

秋鳴
葉落聞秋鳴
枝椏無影空巢輕
斜階幾飄零

山旭
十里雲霧深
落澗氤氳不盡層
熹微數松針

虹堤
春雨出胡同
湖畔潄水開彩虹
堤岸花與共

舊顏
風雨皆故舊
經年累月頻枉顧
櫺窗已老朽

雲雨
霧無心出岫
山嵐有意塵緣繫
雲一偈成雨

絲雨
雨淋陽光瘦
水簾斜步廊下走
蔓草輕點頭

作者簡介：高朝明，曾是作畫人，寫詩純屬偶然。

68喬禾

旱
田莊及時雨
熨燙家親皺紋細
收成已可期

山雨夜
山潭境塵霾
雨釀君詩醉滿懷
夜月慕裙釵

開示
廟中慈法師
手握珠串道悟詞
憫眾煩惱絲

狂雨
雷雲亂遊戲
夏雨狂灌目不及
人車慌避急

家信
候客暖茶香
家書未至暗神傷
欲飲已殘涼

豐年
田水不休眠
莊稼歲豐慶福年
糧足綻歡顏

嚴冬
庭階雪霜飛
妝台捲簾窗幔垂
泠冽入心扉

作者簡介：喬禾，喜歡詩，看詩，寫詩，常打退堂鼓。看見好文時又
　　　　　會犯手癢，大多隨心寫寫。

69Haw Yap Tan

心鏡
念頭無窮盡
萬象外緣皆幻影
菩提不著境

雨季
窗外雨落聲
既生即滅復還生
終究一場夢

養心
內觀氣息來
感知呼吸禪坐態
憂喜止牆外

獨處
獨處心沉澱
萬籟寂靜懷思遠
鄉音繞心田

願望
雨後路潮濕
彩虹夢想在踏步
種子茁大樹

禪意
想是心懸念
放下牽掛止外攀
無塵靜悠然

作者簡介：筆名浩一，喜愛隨性創作。

70邱愛玉

器捐
日夜已分界
筆尖顫抖接續符
心跳從未止

孵豆芽
用流言浸泡
黯默裏恣意竄高
一曝光霧消

伴
溪許了蜿蜒
光影偎不暖左胸
山只剩孤單

烏賊
世人喊牠賊
縱有滿腹的墨水
天生被爪累

手談
兵動征塵暗
遣將運籌方寸間
妙算搶機先

赤查某
荒蕪不入心
搖曳白紗總逢春
護肝清涼飲

作者簡介：邱愛玉，臺灣臺南人，本名郭淑蘭。曾榮獲台客六行詩獎，創作散見台客詩刊。

71吳菀菱

獨斟
新冠虐全球
再無一路是好走
獨酌解時憂

掰掰了
不知多少次
我一直拜拜已回
你覺得再見

酌茶香
冰箱鬱結後
壺神名棍滿身汗
舞龍口中翻

粉刺
芒刺在背書
空海慌張遭到扎
刺蝟針滿身

古典音樂
姿音波動石
樂器行板如歌樓
細盎徹雲霄

廣播節目
不必相聲板
連竹帶砲說明話
口齒法術勵

作者簡介：吳菀菱，Pollywoo，三十年前由前衛出版社發行三本小
　　　　　說，後來自己建立部落格，出版許多網路及電子書，多以
　　　　　長篇小說為主，自設言葉出版社經營自我文學，也寫了很
　　　　　多詩集與詩評，在中國出版。得過一些文學獎首獎。

72溫存凱

清潔婦
鶴髮柔薰巧
斑紋甲裂紅顏老
破曉沿街掃

蛙田圓荷
圓葉佇蛙田
蓮搖風細雨萬千
邊柳拂淡煙

圓荷蛙田
圓葉佇蛙田
蓮搖風細雨萬千
煙淡拂柳邊

圓荷田蛙
田蛙佇葉圓
千萬雨細風搖蓮
煙淡拂柳邊

田蛙荷圓
田蛙佇葉圓
千萬雨細風搖蓮
邊柳拂淡煙

風光好
垂楊明月斜
羅敷媚歌陌上花
踏歌惜秋華

作者簡介：溫存凱，臺灣人。得過包括小說、詩詞、歌詞以及春聯比
賽創意獎等。

73吳麗玲

初夏
春歸暑氣生
青草池塘蛙似鼓
臥窗一枕橫

夏夜
露濕蒼苔地
蛙鼓聲鳴驚客夢
何日見晴空

荷珠
翠蓋盈露濃
晶瑩萬顆未塵封
點點飾花容

送神
紙馬送天神
祈願灶君傳吉語
百福降凡塵

櫻綻
春暖拂輕風
寒櫻初綻醉嫣紅
美景畫圖中

落櫻
春寒三月天
細雨摧花落紛飛
醉紅胭脂淚

作者簡介：吳麗玲，筆名秋雨，目前在餐飲服務業工作．喜歡文學，
攝影，畫畫，愛好詩詞，喜歡沉浸在詩畫裡隨興寫作，凡
事不強求，認真做自己。曾參與2018桃園市台客詩畫展，
尖石鄉公所俳句立碑。

74高孜蕎

祈禱
願祥光普照
德氣福澤似山高
人間病魔少

寒流
冷雲遮大地
溫降如處冰窖裡
需防感冒襲

新年到
積德聚福祉
當棄陋習醒自知
光陰勿流失

寒戰
溫降不停歇
猶如位處冰窖內
陽光已隱缺

冷氣團
晨起溫度降
莫使風寒聚身上
適度添衣裳

春分
溼邪易升揚
脾胃需要四神湯
炸物該退場

作者簡介：高孜蕎，喜歡詩詞散文，曾經獲得基隆市政府文化局「聽
時光‧說古蹟」槓子寮砲台詩特別獎暨其他各種徵文大獎。

75子如

鴛鴦
愛侶情濃戀
出雙入對白髮聯
幸福不羨仙

夕陽
日落霞光燦
萬縷千絲映彼岸
孤影不勝寒

薔薇
純潔勝玫瑰
繁星萬點是薔薇
芳香令人醉

繡球花
紫花引憧憬
愛侶永恆戀錦情
不渝海山盟

桃源吟
嫣紅落英飛
桃花舞春令人醉
心曠不思歸

危境
新冠疫苗弱
閉關自守不外擴
針刺圖苟活

作者簡介：鄭子如ShirleyCheng～喜愛文學詩篇小說歌舞繪畫，對俳
句有興趣，正在認真學習～

76黑白兔

紙窗
日影照紙窗
只見池寒落冰花
不見君來訪

殘花
殘花啼春露
無痕煙花不留戀
獨把酒慢喝

楓橋
我獨留楓橋
卻聽寒山鐘聲響
遊子更思鄉

送別
秋送古道邊
長亭已盡猶留戀
無情歸夢遠

夜色
秋院夜已深
唯有桂花綻芳芬
不寐思遠人

秋風
霜葉怨秋風
墨影煙花褪殘紅
欲飲誰與共

作者簡介：筆名：黑白兔，現在是退休人士，擅長用俳句575或353寫
　　　　　出自己的心意，是從以前常看櫻桃子的爺爺櫻友藏寫的俳
　　　　　句，慢慢從中自己摸索出來的。

77鄭秀桂

下雨
披著烏布帔
墨染大地的淒黑
吞噬傷心淚

勇士
嚴峻的時期
裹著毅力和勇氣
與死神搏鬥

匯集
群星閃爍耀
淌流雅舍釀詩章
四海飄墨香

離子燙
罩著外星帽
如穿雲繚霧精煉
分離了髮線

月下賞荷
薰風拂玉瑤
月影穿梭婆娑笑
卷舒任逍遙

作者簡介：鄭秀桂，民國106年參加「第一屆幸福尊梨節農業行銷文
學獎」徵文活動，榮獲佳作。

78林明樹

榮枯
海藻綠如茵
浪花淘盡礁岩春
落寞石槽心

寫意
美眉舞新影
巧笑凝眸百媚生
姿韻味無窮

雪見
峰迴入梅園
悠遊山林賦清閒
賞心聖稜線

文創
貓咪總動員
社區彩繪廣結緣
美藝新家園

糖廠煙囪
期待五分車
滿載甜蜜來相聚
為幸福高歌

作者簡介：林明樹，俳句素人，熱愛文藝創作，俳文散見國內外各報及五七五臺灣俳句精選集。

79林佩姬

展顏
指尖翻閱書
昔日悲傷易輕撫
鳥鳴滿山谷

蝶
雙掌展詩篇
藏匿青山小綠川
朗讀一藍天

泡茶
蜷曲著身軀
淬釀人生甘苦味
沸水開韻尾

苦瓜
擔一身苦楚
修煉翡翠舍利子
暖陽留滿腹

悅
何處是歡喜
一抹茶香釀詩意
沉浸文字裡

作者簡介：林佩姬，文字愛好者。曾經從事國際貿易工作。

80馮崇玄

街燈　　　　　　　　落花
睜亮的眼睛　　　　　平躺的殘軀
描出過客的剪影　　　仰望天空的蔚藍
守護著光明　　　　　發一聲嘆息

日出　　　　　　　　古寺
邀彩霞同行　　　　　隱在山一隅
山林原野盡歡愉　　　鼓聲沉沉傳梵語
把大地喚醒　　　　　花落晚風徐

老照片
交替的舞臺
把雲煙釘在牆上
曾經的光彩

作者簡介：馮崇玄（新加坡），末代華校生，自僱人士。

81曹順祥

叉燒飯
未啖已銷魂
膾炙情濃飯飄香
黯然盡一觴

地鐵隨想
吞吐倦不休
儵然來去未低頭
何曾問去留

車‧鳥
春草老如泥
車喧雜遝鳥空啼
穿行路欲迷

春山
無聲花欲語
丹青有意染春山
溪頭半日閒

山中櫻花
花香吻綠枝
溪山路遠失歸期
微雨泣多時

作者簡介：曹順祥，大學碩士課程兼任講師、教科書作者。著作包括
　　　　　有聲書《香港中小學中華經典多媒體課程》（合著）、古
　　　　　典體詩《木蘭集》等。

82歐韻明

枯風
碑前慄瘦風
暮橘對飲一杯空
哭骨棄無聲

輪迴
斑駁枯梯痕
拾級細撥迴暮墩
轉述萬古輪

碑
定睛盼紅塵
彈指捎來一朵蓮
暮然成杯坉

翔
羽天揚風嵐
蒼穹海空趁樂閑
沙鷗乘雙帆

夢晨
處處啼晨雞
夜隱霜凝尋夢續
朝見旭日曦

作者簡介：歐韻明─英文老師。經過生命健康的風暴幽谷，非常感恩
可以閱讀寫作畫畫的日子。

83逸凡

微塵
恆河沙千世
卑微流浪到未知
任命運牽執

書架
翰海庫藏牒
高矮胖瘦齊並列
歡樂章滿闋

水鏡
鄉愁投月影
真情絢麗起波瀾
遊子淚視窗

枯枝
生命走盡頭
完成季節傳承軸
風雨逆來受

落雨
天上悲情水
惜我人間大地歸
萬物皆春回

作者簡介：逸凡，馬來西亞華裔，有個人專頁，俳句素人，受英文教育，喜歡文學。

84許廣燊

誕生
花落見青桃
生命傳承悲喜交
母女均安好

秋收
黃金嵌稻穗
灼風煽熱情撩撥
波動成媚美

燒林
硝煙顯竹節
與森林共禦烽火
焚身留光輝

跌宕
潮起瞬潮落
生命中笑淚寂寞
艱難獨踏過

種子
花魂已著床
風雪阻季節綻放
芳草尋蒼茫

作者簡介：許廣燊，詩作散見網路各詩社。童詩曾刊登在《四海‧文
　　　　　學雅舍》。早期亦曾投稿報刊雜誌。

85光平

心茫
負一簍煙雨
乘舟溯流霧漫縷
天涯何處棲

遊民
拎著一瓶酒
午夜街頭迷幻久
心茫不知處

思鄉
釣一簍鄉愁
溪流鱗波凝目瞅
葉落水漂逐

心禪
三千亂絲長
剪去一身煩事忙
落地已成霜

悟
對望鏡中月
滄桑年華空望懸
塵埃心淚覺

作者簡介：宋光廣，筆名：光平，清平居士。美濃客家人，係退休老
人家，喜嚐作不同類型文章，詩歌詞牌。

86史材鐠

除濕機
靜默聞無語
勤收空氣浪潮舞
淨拭往前衝

象棋
河岸觀江湖
浪潮洶湧號角響
邊界戰鼓鳴

內觀悟道
天地亮潔淨
無著葉飄掛塵埃
日月勤掃明

粽子情
蒸煮粽葉香
包裹遊子思鄉情
天涯夢魂想

緣份
來去皆無常
難知時刻變何樣
轉眼又秋涼

作者簡介：史材鐠：對文學熱衷，喜歡寫作，追求各種詩的意境。

87張從興

供佛
供品擺佛前
七寶香花水果鮮
可否表心虔

蒼蠅
今晨正誦經
飛來詭異一蒼蠅
壇城繞不停

梨園
梨園盛景衰
青衣寂寞舞空臺
周郎不再來

泡茶
煮水泡清茶
看著窗前又落花
聚散嘆生涯

望海
望海立船頭
閃閃波光盡眼眸
看不見魚遊

作者簡介：張從興，土生土長新加坡華人，生於1966年，曾經在報
界廝混多年，算得上是個媒體人。文學創作方面，主要寫
詩，新舊詩歌都寫，以舊體詩詞為主，也算得上是個詩
人。二十多年前寫過三首漢俳，之後就沒再寫過，現在算
是再作馮婦。出版過三人新詩集《詩海萍緣》，新聞采訪
錄《智者的語言》

88鄭春貴

遲婚　　　　　　　　　人工受孕
情多婚事少　　　　　　老大未懷喜
難等洞房鞋盒窩　　　　中藥西醫官民急
時光逝如梭　　　　　　人工鬥天意

拼經濟　　　　　　　　客工
少小追學歷　　　　　　公民少生育
老大廢寢拼經濟　　　　客工勃勃增朝氣
無暇談生育　　　　　　愛恨難分離

獎勵生育
年輕自由好
壯丁短缺誰養老
生育獎徒勞

作者簡介：新加坡自組公共醫院醫生。中華文字學和詩歌愛好者。

89鄭如絜

嚐味
聆聽夜雨聲
品香韻醇茶一盅
薄翅透湯中

靜觀
芳香會語意
禪境修習喻禮儀
司茶道修習

念想
斜陽對影瘦
雪桐錯置枕畔蓆
相思惹白頭

漫旅
吊橋輕步搖
四季雲霧罩山巔
縱情逍遙遊

季轉
煦陽催火紅
木棉三月花蒂落
回首春已過

作者簡介：鄭如絜，熱愛文字，如遊玩百景。

90王姿涵

櫻
陽春櫻滿天
白霜紅粉映霞煙
縹縹撒萬川

春景
拂面曉風輕
溪光山景照天晴
春色挑餘清

春臨
溫風發綠苔
一頂春風若剪裁
三月春花開

暮年
山濛瘦鵲啾
蘆荻風搖蕭瑟秋
滄桑滿白頭

新景
一年似如煙
再聚寒梅放蕊天
新景寫詩篇

作者簡介：王姿涵，108年文化部影視及流行音樂局指導故鄉生活閩南語詩優勝獎、109年中興湖文學獎古典文學獎佳作、109年澎湖縣政府「一起來玩詩」比賽佳作獎等。

91嵐月風

浪花
浪濤輕拍岸
擊起白花千朵開
佳景與誰伴

夜歸人
漆黑長夜中
冷峻孤月掛蒼穹
人生幾回夢

觀雨
窗外雨敲門
捲簾驀見影婆娑
雷鳴醒癡魂

清明
旭日明朗天
山地墳掃表孝心
昂首述先賢

榕樹旁
榕樹河風縈
燕撫鬚根喚情侶
心忽悽共鳴

作者簡介：本名陳文平（學名陳平），筆名：嵐月風／飛翔。祖籍福建同安。原越南幽明縣醫療站站長，原美國美天下網報總編。拙作散見海內外各報社、雜誌。曾獲詩歌佳作獎，散文一等獎。

92荷塘詩韻

壬寅感懷
天街曉色濃
蕭蕭寒雨濕隆冬
茶花迎春風

二月
鳥踏梅落頻
猶有數點開惜春
香風蕩旅人

春日
放懷心翱翔
閒聽枝頭鳥鳴揚
高齋存書香

傷秋
閑吟一襟秋
蟲聲唧唧思悠悠
離愁總未休

作者簡介：荷塘詩韻，在孩子長大後得以重拾閱讀樂趣，文字流域裡大膽嘗試創作，塗寫生命的感動。主持新聞台荷塘詩韻。有荷雜誌愛分享專欄。文字散見各報刊及詩刊。2008.12.25出版詩集《詩鄉行旅》高雄宏文圖書股份有限公司／2016.12.26出版詩集《荷塘詩韻》秀威出版社。

93張海陸

寄語
看慘絕悲情
疫情何時能滅絕
人間且自重

雨夜
窗外飛細雨
朦朧夜色街燈斜
路上行人歸

真心
寄寶島真情
是非恩仇皆放下
齊心抗疫情

惶恐
硝煙戰雲起
人間頓時成煉獄
黑手不在意

作者簡介：張海陸，手荷鋤，背朝天的苦哈哈農民～～馬來西亞柔佛
州一個退休的蔬果農。

94心鹿

年關
一隻大怪獸
步步逼近我身邊
晝夜瞎忙亂

除夕夜
鞭炮依舊響
只是年獸早已藏
獨對夜懷想

風箏
心被吹動時
就想飛到天空上
教大家仰望

作者簡介：心鹿。喜歡文字創作的馬來西亞人。

95財榮

往年　　　　　　　　小學生
銀髮問蒼天　　　　　網路時頓卡
歲月無奈吐真言　　　千呼百叫促視頻
琢磨那流年　　　　　哎呼爹娘救

疫情
師生線上聯
網課乾坤大挪移
新啟蒙時代

作者簡介：財榮，退休．詩文愛好者．初次寫俳句。

96戴俊法

不學無術
皆流炎黃血
因緣降臨分西東
心懷繫祖墳

冥明
詞挫文化低
雛學巨鵬遨文海
東湊還西拼

祈盼
聲聲佛號中
但願眾生皆離苦
同登極樂國

作者簡介：戴俊法，一無是處，對佛學和詩詞有興趣～

97家緯

瘟　　　　　　　　亡
奧秘擅克隆　　　　能容寵邀功
浪滔迅猛波寬重　　不任嬉皮妞兒風
億萬心忡忡　　　　吃喝玩樂瘋

苗
植苗克毒蟲
瘟疫蠢蠢大放送
護罩不立功

作者簡介：李家緯，1963年出生於新加坡河水山，祖籍福建安溪，小
學就讀南洋工商業學校，新加坡工藝學院畢業。

98Tonny

念祖父　　　　　　　水月情
村外地連天　　　　　流水尋天路
月作墳燈睡可安　　　化身飛雪寄寒宮
小寒夜不眠　　　　　飄落伊人影

作者簡介：Tonny，一個詩詞裡迷途的無名小書童。

99張楚予

壯志　　　　　　　　組屋
六十志未酬　　　　　抬頭望層樓
欲向天空借羽翅　　　疊床架屋手把手
天涯任翱翔　　　　　彷彿看齣秀

作者簡介：張楚予，語文老師兼中文家教。

100林杏花

夜御
輕騎炊煙起
月伴星稀雲幕低
晚風送涼意

桔梗
淡然脈絡明
凝神大方珠心定
毓秀姿蘊盈

作者簡介：林杏花，住臺北文山區。喜文樂讀、賞景品茶、偶爾畫
畫。初學俳句，尚待努力～

101李黎茗

都更
壽命將代謝
敲打累積的鈣化
過去成詩箋

改頭換面
剝落隨風躺
日子炒得如火熱
有了落腳地

作者簡介：李黎茗喜歡寫詩，也喜歡寫詞，喜歡寫世界的千姿百媚，
也喜歡寫身旁的冷眼相待。詩觀「在文字裡尋求安寧」現
任中國海外鄉土風執行主編漁民文化總編輯。

102楊濰寧

孤影　　　　　　　品茶
振翅的老鷹　　　　甘醇口中置
挑釁不起忙踢蹬　　不嫌辛苦嚼文字
山頭掠影行　　　　溫釀墨香味

作者簡介：楊濰寧，馬來西亞砂勞越人。偶觸俳句感好奇，在過程
　　　　　　中，幸有良師益文友不吝指點，而穿過俳句的角落。

103風平

建築客工　　　　　銀蜂
烈日當頭照　　　　銀蜂花間飛
生活重擔壓彎腰　　勞碌工作不言累
心羨白雲飄　　　　辛苦為了誰

作者簡介：風平，馬來西亞大學，喜歡文學創作，旅遊，讀書。對
　　　　　　575俳句是初體驗。

104于千

童鞋　　　　　　　希望
一牆高掛月　　　　秋光最詩情
淚眼愁腸似未歇　　海韻讀你閃波影
牙音叫童鞋　　　　捎來荷葉青

作者簡介：于千，小時給郭家當養女郭銀實是祖輩翻譯有身份證後才
　　　　　回復姓名。

105月石

春　　　　　　　　東航悲歌
麟趾春深處　　　　銀鷹驟墜落
鶯聲日暖四時花　　萬人撕心裂肺悼
萬物皆芳華　　　　淒美泣英魂

作者簡介：張耀侶（網名ZHANG，筆名月石），男1958年1月6日，
　　　　　出生於中國廣東省新會縣。1981年起任教於新會小崗中
　　　　　學，擔任語文老師。1989年移民美國。

106劉文瑛

漫天螢火　　　　　網球花
小蟲提燈籠　　　　青苞裂生長
閃爍飛舞隱草叢　　紅花密簇迎朝陽
美景入眼中　　　　團錦誘人賞

作者簡介：本名劉文瑛1960年2月出生。三歲父母離婚，奶奶父兼母
　　　　　職，辛苦養大到14歲離逝，歷經苦難，為報恩養國小畢業
　　　　　棄學賺錢。自修苦讀，喜歡文學俳句～

107朱繪存

長相憶
橋影癡相望
一線牽情花兩岸
各香風姿展

作者簡介：朱繪存，來自馬來西亞檳城。是一名中醫師。

108林松春

樂逍遙
不管人生苦
淡薄名利不爭也
世間樂逍遙

作者簡介：林松春，七十歲。中學程度，退休人士。

109卡路

南洋
春風吹夏季
一雨成秋晚來急
尋梅何處去

作者簡介：新加坡人，疫情時期開始寫詩。

110葉彤

愁米缸
娘為米缸愁
大穀抽稅一半留
無肉飲稀粥

作者簡介：張碧華，筆名葉彤，1946出生於檳城。目前是一名中醫，
　　　　　文藝愛好者，熱衷現實主義創作。

111輝業

雨多愁
晴空驟降雨
排水道孔堵垃圾
車輛紛溺斃

作者簡介：呂輝業，馬來西亞吉打州人。退休國民中學中文教師，馬
　　　　　來西亞作家協會北馬聯委會理事。

112葛新

櫻花

水碧太湖瀾
淡粉櫻花淺笑含
獨禦早春寒

作者簡介：葛新，男，1960年生於南京。現為新加坡公民。自小酷愛
　　　　　文學，醉心於詩歌創作。多首新詩刊登在《新加坡詩刊》
　　　　　和《大士文藝》等。

113張尹齡

楓香樹

枝上三角戀
我憐清甜香成詩
越冷葉紅豔

作者簡介：1998年生於臺灣臺南，國立臺南第一高級中學畢業，現就
　　　　　讀國立空中大學。
　　　　　自小興趣廣泛，對音樂、畫畫、寫作、下圍棋等都很是
　　　　　喜愛。

國家圖書館出版品預行編目

四海俳句選 / 懷鷹, 蔡猷英, 德清, 孫嵐等合著；
懷鷹主編. -- 臺北市：獵海人, 2023.02
  面；　公分
  ISBN 978-626-96408-9-8(平裝)

831.86　　　　　　　　　　111021929

四海俳句選

作　　者／懷鷹、蔡猷英、德清、孫嵐等合著
主　　編／懷鷹
執行編輯／蔡猷英、鍾高順
策　　劃／【四海‧文學雅舍】管理團隊
出　　版／獵海人
製作銷售／秀威資訊科技股份有限公司
　　　　　114 台北市內湖區瑞光路76巷69號2樓
　　　　　電話：+886-2-2796-3638
　　　　　傳真：+886-2-2796-1377
網路訂購／秀威書店：https://store.showwe.tw
　　　　　博客來網路書店：https://www.books.com.tw
　　　　　三民網路書店：https://www.m.sanmin.com.tw
　　　　　讀冊生活：https://www.taaze.tw

出版日期／2023年2月
定　　價／350元